Uncertain Truth

不確かな真実

和亭正彦
WATEI MASAHIKO

幻冬舎MC

不確かな真実

1

凄惨な事件であった。

新年早々の一月八日、新宿を起点として東京、神奈川を貫く東神電鉄の西城公園駅にほど近い瀟洒なマンションの一室から女性の遺体が発見された。遺体には、鈍器で殴られたような後頭部の陥没と胸部に致命傷になったと思われる数カ所の刺し傷があったが、傷はそれだけではなかった。大きく切り裂かれた腹部からは、まるで腑分けをしたかのように内臓の一部が体外に引きずり出されており、皮膚がめくれ返った首の部分には、気管や太い血管が不気味に露出していた。遺体は、前日から連絡が取れないと会社から届け出のあったこの部屋に住む「カズコブランド社」社長、国枝和子のものであった。

直後の現場検証では、遺体が発見された居間から浴室まで血痕が続き、浴室の流し口に血のりが付着していたことなどから、犯人は、恐らく大量に付着した国枝和子の返り血を浴室で洗い流したものと思われた。鑑識による指紋採取で不特定多数の指紋が発見され、直ちに指紋データベースで照合が行なわれたが、登録された犯罪歴のある人物の指紋に一致するものは見つからなかった。ただ、玄関をはじめ各部屋のドアノブやチェストの引き出しなど主だった場所からは指紋がほとんど発見されず、何かで拭き取られたものと推測された。

被害者が、斬新なデザインで日本国内に留まらず海外でも広くその名を知られた高名な服飾デザイナーであることと、殺害が稀に見る残虐な手口であることから、事件はいやが上にも注目を集め、世間を騒然とさせた。マスコミは、この猟奇殺人事件を大きく取り上げ、犯人に関する様々な憶説を連日流し続けていた。しかし、警視庁西城警察署に設けられた特別捜査本部では、マンションの防犯カメラに映った映像の解析と、カズコブランド社の社員を中心に行なった聞き込み捜査で、早くから犯人を絞り込んでいた。

司法解剖の結果、国枝和子は遺体が発見された八日の午後一時五分からおよそ三十~四十時間前、すなわち一月六日の午後九時頃から七日の朝七時頃までの間に殺害されたものと推定された。正面玄関の防犯カメラには、遺体が発見された前々日の六日夕方、国枝和子が若い女性と連れ立ってマンションに入る姿が映っていた。その女性は夕食でも共にしたのか、三時間近く経った九時少し前の八時四十八分にマンションを出る姿が同じ防犯カメラに映っていた。

その前後から翌七日の朝七時過ぎまでの間、正面玄関と裏口の防犯カメラにマンションに出入りする多くの人の姿が映っていたが、その中でマンションの住人以外の人物は六人いた。そのうち三人は、それぞれマンション内の別の住人を訪ねた人物であることがすぐに判明した。残り三人のうちの一人は、近くの宅配ピザの配達員であることも確認された。残る二人は、いずれも裏口を利用していることから、どちらかが犯行に関わっている可能性が高いと判断した捜査本部は、この二人の人物の人定を急いでいた。

2

「残り二人の人物の特定に時間がかかっていますが、そのうちの一人が判明しそうです。田代正樹、四十六歳の可能性が高い。カズコブランド社の社員の多くから、出入りのアパレル業者に似ているとの証言が得られました」

西城警察署三階の大会議室で開かれている百名を超える捜査員全員が揃った報告連絡会議で、警視庁捜査第一課の宇佐見修二刑事の報告が続いていた。長身でがっしりとしたその体つきは、永年柔道で鍛え上げられたものだ。職人風に短く刈り上げられた髪に白いものが混じり始めているが、年齢はまだ四十歳そこそこで、若手ホープの一人だ。

「似ている？　本人とは確定出来ないのか？」

捜査の指揮を執る管理官の警視庁刑事部捜査第一課課長補佐、植村敏男が眉根を上げて宇佐見を見た。こちらもがっしりした体型だが、宇佐見ほどの上背はない。豊かな髪に太い眉と大きな目。鼻筋の通ったその精悍な顔つきは、人からよく俳優の北大路欣也にそっくりだと言われる。

「はい。お配りした写真をご覧下さい。防犯カメラに映っていた人物の写真です。長身の男性の方ですが、長髪で眼鏡をかけています。皆の知っている田代正樹は眼鏡をしていないそうで、しかも髪はスポーツ刈りに近い短髪だそうです。ただ、この長身の姿、顔かたちが田代正樹にたいへん似ているとのことです。現在、誤認のないよう慎重に確認を進めているところです」

「もう一人はどうだ？」

「……」

一瞬言葉に詰まった宇佐見は、助けを求めるように横の机に座る堺伊佐夫刑事を見た。

「こちらは今のところ身元が分かっておりません。しかし、映像がかなり鮮明ですので時間の問題かと思います。こちらは、先の田代正樹と思われる人物が二十二時八分から四十分足らずの滞在でマンションを出て行った後、二十三時三十五分にマンションに入り、翌朝五時十二分にマンションを出ております。時間的に見て最も犯人の可能性が高いと思われますので、主力を注いで確認を急いでおります」

宇佐見刑事に代わって、初動捜査で得た防犯カメラ映像の解析を進めている堺刑事が答えた。堺は西城警察署捜査一課係長で、所轄署から特別捜査本部に吸い上げられた刑事であるが、事件発生地域の土地勘に通じていることから、一帯の防犯カメラ映像の解析を担当している。くたびれた背広に緩めたネクタイ。一見だらしなさそうに見えるが、ＩＴに詳しく、緻密な捜査に定評がある。

「そうすると、犯人は田代なにがしと思われる人物と、この二人目の人物に絞っていいんですね」

世間の耳目を集める事件でもあり、事件発生後、直ちに百二十名近くの捜査員を集めた特別捜査本部が立ち上げられた。その捜査本部長を務める警視庁丸山敏郎刑事部長の横に座る神保征太郎西城警察署長が、防犯カメラから転写された二人の人物の写真を交互に見ながら、のんびりとした口調で堺刑事に問いかけた。

神保署長は、警察庁から赴任してきたばかりの若い警察官僚で、警視庁刑事部の小野寺実捜査第一課長と共にこの特別捜査本部副本部長を務めている。やや肥満気味の体型で、丸顔に分厚いレンズの眼鏡をかけている。その風貌から決して切れ者には見えないが、抜群の成績で入庁した逸材というわさであった。ただ、こうした捜査現場の経験は皆無に近く、そのしきたりもよく知らない。特別捜査本部ではいわばお飾りのような存在であった。

「いや。もちろん、ガイシャと一緒に映っている女性の可能性も残っています。死亡推定時刻は二十一時以降となっていますが、冬期ですので死後変化の進みが遅いこともあり、実際の犯行時間は二十一時以前の可能性は十分にあるとのことです。実際、居間のエアコンはオフになっており相当冷え込んでいましたので、二十時四十八分にマンションを出たこの女性にも可能性は残ります。こちらは、既に人物は特定出来ておりまして、飯島めい、カズコブランド社の針子です。昨年四月に採用されていますが、国枝社長のお気に入りとのことで、秘書のような仕事もしており最近よくマンションに出入りしていたようです。ただ、殺害方法が相当の力わざですので、女性には、ちょっと……。それと、国枝和子の携帯の交信記録から、飯島めいの犯行の可能性はないのではないかと」

堺刑事が答えた。

「どういうことですか?」

堺の説明を聞いて、植村管理官が尋ねた。

国枝和子が使っていたと社員から証言のあった携帯電話は、犯行現場から発見されなかった。その携帯電話には交友関係など有力な情報が入っていると考えた捜査本部は、主要な通信会社に国枝和子が登録した携帯電話を照会し、スマートフォンのキャリアを特定した。直ちに、この携帯電話とさらに自宅の固定電話の通信履歴の保全要請が行なわれ、急ぎ用意された捜査令状で送受信記録の解析が既に進められていた。

「それにつきましては、私の方から説明します」

堺が配属されている班の班長を務めている草薙篤志だ。警視庁刑事部捜査第一課で宇佐見と次期エースの座を競い合っている。長身でがっしりとした体型の宇佐見とは対照的に、中背細身でスマートな体型だ。一重の優しそうな目をしており、顔立ちも強面の宇佐見と対照的なイケメンの部類と言っていいだろう。額にかかる前髪を掻き上げながら立ち上がった。

「国枝和子の携帯電話には、事件当日であります一月六日の交信記録も多数残っていました。プライベートのものも二、三あるようですが、大半は仕事上の事務連絡と思われ、今のところ特に怪しいものは見つかっておりません。最後の受信が二十時三十三分のメールで、三十五分にガイシャの国枝から返信がされています。これは旅行予定確認のための事務連絡です。送信者は親しくしていた旅行業者で特定も出来ており、送信者本人からも確認が取れております。従って、国枝はこの時点ではまだ生存していた。このことを考えますと、飯島めいは八時四十八分にマンションの玄関を出ておりますので、国枝の部屋を出たのは四十五分前後。飯島の犯行とすると犯行時間はわずか十分程度しかなく、まず無理かと思われます。もちろん、飯島が共犯者として国枝和子の殺害に関わっていた可能性もありますので、依然、被疑者の一人に加えております」

「なるほど。今のところ、この三人ですか。しかし、この飯島という女性はともかくとして、他の二人はマンションに入ったことは分かっているが、ガイシャの部屋に行ったかどうかは今のところ不明だし、マンションの住人の中にホシのいる可能性も残っているだろう。従って、この三人に絞るのはまだ早いんじゃないのか?」

植村管理官が草薙と宇佐見を交互に見て言った。

「もちろん、マンション住人の可能性はあります。ただ、このマンションは八邸のみの超高級マンションでして、皆さん相当社会的地位のある方ないし高齢者で、これまでの聴取や聞き込みでは、それぞれの家族も含めて可能性は極めて低いと判断しています。もちろん、予断なく捜査は進めますが、当該時間に出入りした人物で、住人以外のこの三人に絞っても良いかと考えております」

草薙が答えた。

「ところで、こんな高級マンションなら勝手に入ることは出来ないんでしょう。飯島めいという人は国枝さんと一緒に入ったようですが、後の二人はどのようにして入ったんですかね」

捜査は素人と思われている神保署長が、意外にポイントをついた疑問を遠慮なく口にした。

「あっ、はい。マンションの建物自体がオートロックになっております。外部の人間が建物に入るためには、まず正面玄関、裏口、いずれも入り口にあるタッチパネルに三桁の部屋番号、例えばガイシャの部屋ですと四〇二を入れ、画像モニター付きのインターフォンで訪問先を呼び出す必要があります。その上で、訪問先の住人に解錠してもらって建物に入ることが出来ます。そこから各部屋に入るためには、さらに合鍵を使うか住人にドアを開けてもらう必要があります。建物の出入りは、夜間は防犯カメラの監視だけですが、日中は接遇とガードマンを兼ねた管理人が常駐しておりまして、その目もありセキュリティーについてはかなり厳重になっています。ただ、住人の皆さんは、部屋の合鍵のヘッドに内蔵されたＩＣチップのタッチでも、マンションのオートロックを解除して建物に入ることが出来るようになっています」

宇佐見に促された佐伯颯太という若い刑事が答えた。佐伯は、刑事歴三年目の若手で、宇佐見に負けないほどの偉丈夫だ。日頃から宇佐見に可愛がられている。

「二人ともその合鍵を持っているようで、防犯カメラでは、ＩＣチップのタッチで入っていることが確認されています。そのため、ガイシャ宅のインターフォンのモニター画面に残るはずの訪問者の記録もありませんでした。ただ、こうしたことを考えますと、二人とも外部の人間ですが、住人とは近しいと言いますか相当親しい人物だと考えられます。こうした点も人物の特定に役立つと思います」

宇佐見がそう付け加えた。

「最初に言ったように、遺体の損傷の具合や室内が荒らされた様子もないことから、犯行はガイシャに相当の恨みを持つ人物によるもの、すなわち動機は怨恨によると考えていいだろう。プロファイリングでは、もう一つ、ガイシャの損傷の具合から相当力のある人物、恐らく青壮年の男性となっているが、さらに、今報告のあったように、ガイシャとはもともと相当親しい関係にあった人物である可能性が高い。ただ、犯行の推定時間の前後に、ガイシャの近くにいたことが分かっている飯島めいも引き続き捜査対象にすべきと考える。従って、当面、この三人に主力を投入することにする。今のところ手がかりのない第三の人物の人定に全力をあげること。田代正樹についてはそろそろ任意聴取もいいだろう。その時期の判断は宇佐見刑事に任せる。飯島めいについては、徹底的にウラを取ってくれ。以上」

植村管理官の檄(げき)で、その日の報告連絡会議が終わった。

3

西城警察署で、飯島めいに二度目の事情聴取が行なわれることになった。

国枝和子が殺害される直前に一緒にいた飯島は、今でも被疑者の一人として残っていた。ただ、この十九歳の華奢な女性が、あれほど残忍で、しかも国枝和子が大柄であるだけに相当力も要するであろう殺害を実行したとは想像しにくかった。しかも、事件の日、飯島が国枝和子の部屋を出る前後に、国枝は旅行会社と交信をしており、時間的に殺害の実行は不可能と考えられた。そのため、先日行なわれた一回目の聴取は参考人聴取で、飯島は有力な情報を与えてくれる協力者としての扱いであった。しかし、その聴取で飯島が度々国枝のマンションを訪れていたことが分かったことや、会社でも国枝と飯島が必要以上に仲睦まじかったという社員からの証言があったことなどから、愛憎が怨恨に繋がったという事件の可能性も捜査本部では疑い始めていた。

飯島が、前回とは違う取調室に案内されると、申し訳なさそうな様子で草薙刑事が書記役の堺刑事と待ち受けていた。部屋は違っても、取調室の様子は前と同じように殺風景で寒々としている。

「事件前後の時間帯のことをもう少し詳しく調べる必要がありまして、今日、飯島さんにいま一度ご協力いただきたくお越しいただきました。お忙しい中、時間をお取りいただきありがとうございます。さて、前回お聞きしたところでは、これまでも時々国枝さんの部屋に行かれていたということでしたが、一月六日は、夕方六時前、ええと、五時四十二分にマンションに入り、八時四十八分に出られていますので、およそ三時間国枝さんの部屋に滞在されていたわけですよね。いつもこれくらいおられたんですか?」

「はい。もう少し長いことやもちろん短いこともありますが、だいたいこれくらいでした」

「三時間なら結構ありますが、いつも何をしていたんですか?」

草薙は、いきなり本題に入った。

「えっ。あ、はい。だいたいは、簡単な料理を作って一緒に夕食を食べました」

「それだけだと、かかっても二時間くらいなものではないでしょうか」

「先生はワインがお好きで、ゆっくりとワインを飲みながらいろいろお話をしてくれますので、結構時間がかかります」

飯島は、質問の意図が分からないというふうに戸惑った様子を見せた。

「それでも、三時間の食事は長いですね」

「食事を作る時間もありますし、片付ける時間も。それにさっき言ったように食事の途中、昔から撮ってある先生のファッションショーのビデオを見ながら、デザインのことを話したり教えたりしてもらっていましたから」

「一月六日も、そうでしたか?」

「はい、だいたいそんな感じでした」

「でも、その日、食事は買ってきたもので済ませていて、そんなに時間はかからなかったんじゃないですか?」

　事件現場のキッチンのゴミ箱からは、一月六日の日付がスタンプされた西城公園駅前の有名なデリカテッセンの空き箱が見つかっていた。

「はい。先生はいつもデリカテッセンから持ち帰りで済ませていたようです。あの日も、ワインのおつまみになるチーズや生ハムなど駅前で買って帰りましたが、メインのパスタをいつものように私が作りました」

「料理はあなたが?」

「はい。先生は、私が作るパスタを気に入っていて。それで、よくお部屋に呼んでもらったんだと思います」

「じゃ、その日もあなたが料理をした」

「はい。パスタを作って、ワインを飲みながら一緒に食べました。食事が終わってからの後片付けも私がしますので。あの日も後片付けをすっかり終えて部屋を出たのは八時四十五分頃だったと思います」

「あなたもワインを?　十九歳ですよね」

「……すみません」

確かに、死体発見時の捜査では、シンクの水切りかごに洗い終わって乾き切った二人分の大皿やフォーク、ワイングラス、ゴミ箱の脇には高級そうなワインの空ボトルが確認されていた。

「国枝さんは、あなたの料理が気に入って、それで良くしてくれていた。それだけですか？会社でも特別に親しそうだったと皆さんおっしゃっていましたが」

「仕事のセンスがいいとよく褒めてはもらいました。使いよかった、というか使い易かったのかもしれません」

「特別に親しそうだったと皆さんがおっしゃるのは、仕事の出来るあなたをやっかんでのことなんですかね」

「さあ、よく分かりませんが」

「それとも、国枝さんとあなたが何か個人的に特別親しい関係があるように見えていたということはないですかね」

「どういう意味ですか？」

穏やかに受け答えをしていた飯島めいが、初めてキッとした表情で草薙を見返した。

「あ、いや。我々はいろんなことを考えないといけないものですから。例えば、あなたに対して国枝さんが愛情のようなものを持っていた、あるいはあなたが国枝さんに特別な想いを持っていたとか」

「えっ、愛情。それって同性愛とか、そういうことですか？　レズビアン？　あははっ、まさか」

「それはないと」

草薙は、飯島の心理を探るようにその目をじっと覗き込んで念を押した。

「ばかばかしい。先生、確かに五十過ぎにしては若々しくて奇麗だけど、私にはそんな趣味はありませんし、そもそも先生にはいい人がいたから」

飯島は、自分が疑われていると感じたからなのか、突然態度が変わり、今までなかったようなぞんざいな言い方をした。

「いい人？」

「そんな感じでした。交際している人がいるようなことを言ってたし、私がいる時にも、よく書斎の方に行っては誰かと連絡を取り合ったりしていたみたいだったし」

飯島は、よほど腹を立てたのだろう。草薙を睨むようにして冷たく投げやりな言い方をしたが、草薙はその話に飛びついた。

「誰ですか？　国枝さん、その人の名前を言いませんでしたか？」

「知りません。先生、以前にちょっと口を滑らせて、いい人がいるようなことを言っただけだから」

飯島の態度は次第に頑なになってきた。

「最後の日はどうでした？　最後に国枝さんの部屋に行ったあの日、誰かと連絡を取っている様子はありませんでしたか？」

「私が料理をしている間のことは分かりません。ただ、着いてしばらくして、何も今日来なくてもいいのにというようなことをぶつぶつ言ってたような気はするけど。そう言えば、確か私が帰る頃には誰かとメールしてたけど」

そのメールは旅行業者とのやり取りを指していると考えられ重要な情報ではなかったが、飯島の証言で国枝に交際をしていた人物がいたこと、そして国枝和子が漏らした言葉から、どうもその人物がその夜にマンションを訪れた可能性のあることが分かった。その人物は、ビデオ解析で分かっている田代正樹、もしくは田代正樹に似た男か、あるいは未だ手がかりのない第三の人物のいずれかだと考えられた。

自分が想いを寄せている国枝がその男性と付き合っていることで、飯島が国枝に強い恨みを持つようになった可能性は残されているが、その人物が国枝和子の殺害犯である可能性が極めて高くなったことは、この日の事情聴取の収穫であった。

4

飯島めいの事情聴取で、国枝和子には親しく付き合っている人物がいること、そして事件当夜もその人物が飯島の帰った後に訪ねて来た可能性が高いことを掴んだ捜査本部は、にわかに色めき立った。犯人は防犯ビデオに捉えられている二人にいよいよ絞られてきたと考えられるからだ。しかし、その二人の人物の特定は難航していた。

当初、田代正樹と考えられていた人物の特定が怪しくなっていた。田代正樹の周辺の捜査が密かに続けられていた中で、田代を知る人物から、はっきりした時間までは覚えていないが、その夜の遅い時間に横浜で田代を見た気がするという証言が得られたのだ。まだ曖昧な証言で確定ではなかったが、捜査本部では田代正樹はガセという雰囲気が生まれていた。

しかし、宇佐見刑事は諦めていなかった。何度確かめても、写真の人物が田代正樹に似ているというカズコブランド社の多くの社員の証言は変わらなかった。しかも、田代はカズコブランド社に出入りしていたアパレル業者だが、一年ほど前からカズコブランド社は、田代との取引を一方的に停止したとの証言を得た。何でもカズコブランドの商品を不当に値引きして販売したとかで、国枝社長のお怒りを受けたようだと社員から説明があった。そうすると、田代はカズコブランド社、ひいては国枝社長に恨みを抱いていたのではないか。宇佐見は、田代の怨恨による犯行ではないかという考えを捨てることが出来なかった。熱心な宇佐見の進言と、自身が捜査をされているという事実を田代本人がそろそろ知る恐れも出てきたことから、植村管理官は田代正樹の事情聴取に踏み切った。

多摩川を挟んで東京と隣り合わせの川崎市武蔵小杉の駅前ビルに田代正樹が友人と共同経営をする「ブティック・ワン」がある。武蔵小杉は、ＪＲ横須賀線と東急東横線、さらに東急目黒線が交差する交通の要にある駅で、その駅前には高層ビルが次々と建築され目覚ましい発展を見せている。

宇佐見刑事は携帯で田代正樹の在店を確認すると、佐伯刑事と一緒に店に向かった。

ブティック・ワンは、広い歩道に面したビル一階の一等地とも言える場所に店を構えていた。おしゃれな回転ドアを通って店内に入ると、高価そうな婦人服を纏（まと）った数体のマネキンが贅沢にスペースをとって配され、その奥にレディーメイドの服と婦人小物がセンスよく陳列されていた。

「いらっしゃいませ」

いかつい二人連れの男の客を迎えて、若い女性店員は戸惑い気味に挨拶をした。

「警視庁の宇佐見と言います」

　宇佐見は警察手帳で身分を明かすと、田代正樹に面会を申し入れた。驚いた素振りで女性店員が店の奥に急ぐと、すぐに長身の男性が出てきた。ジーンズにえんじ色のセーターを粋に着こなしている。確かに防犯カメラに映った人物に似ている。眼鏡とカツラで変装すれば同一人物だ。宇佐見は直感的にそう思った。

「田代ですが」

「突然に申し訳ありません。警視庁の宇佐見です」

「同じく警視庁の佐伯と言います」

　二人は、警察手帳を出すと丁寧に頭を下げた。

「はあ、何でしょう？」

　田代はいぶかしげに二人を見ながら言った。

「ご存知かどうか、一月六日から七日にかけ世田谷の西城署管内で事件がありまして。被害者はデザイナーの国枝和子さんですが、田代さんもお知り合いだったと聞いたものですから、何か情報を得られればと伺いました」

　佐伯刑事は、宇佐見が国枝の名前を出した瞬間の田代が浮かべる表情のいかなる変化も見逃すまいと、じっと田代の顔を観察していた。

「ああ、事件のことはもちろん知っています。あれだけテレビでも騒いでいますから。でも、国枝さんのことはあまり良く知りませんが」

「そうですか？　カズコブランド社にはよく出入りされているんじゃないですか？」

「はあ、そうですが。カズコブランド社には服の買い付けに時々行ってましたが、国枝さんに会うことはありませんでしたし、最近は取引もしていません。そもそも、国枝さん、社長さんですから、私なんかが会うなんてこと滅多にありませんよ。以前に二、三度お目にかかったことがあるかどうかです」

「個人的に会ったというようなことは？」

「えっ、私がですか？」

これが芝居だとしたら、相当のタマだと宇佐見は思った。

「突然伺った上に不躾なことを言って申し訳ありません。今は関係者全員に詳しく事情を訊いている段階ですから。親しかったかどうかは別にして、カズコブランド社に直接出入りされている皆さんに事情を訊いて解決につなげたいと思っているんです。もう少し詳しく事情をお伺いしたいので、皆さんにもお願いしているんですが、一度、署の方に来ていただけませんでしょうか。手がかりになるようなもので、見ていただきたいものなどもありますので」

防犯カメラに映った写真のことをこの場で話すつもりはなかった。最後に目の前に突き出して観念をさせたかった。

「私、疑われているんですか。勘弁して下さいよ」

「いやいや、参考人ということです。関係者の皆さんに事情を訊いている段階ですから。もちろん、任意ですのでご無理にとは言いませんが、何もなければご協力いただけませんか？」

「何かあるわけないですよ。いいですよ、いつでも行きますよ。ただ、今日から関西に出張しますから、すぐには行けません。来週でもいいですよね」

田代は、猛烈に腹を立てているように振る舞った。それがあまり大仰であるため、宇佐見にはかえって田代が芝居をしているようにも見えた。

5

防犯カメラの映像が鮮明であったことからすぐに判明すると思われていた第三の人物の特定も、思いのほか難航していた。合鍵のＩＣチップを使ってマンションのオートロックを慣れた様子で解錠していることから、しばしば出入りをしている人物と考えられた。しかし、マンション内およびその周辺の聞き込みでは、その写真の人物を見たという証言は得られなかった。また、西城公園駅周辺の防犯カメラや近くの駐車場の防犯カメラにも、さかのぼれる範囲に同一人物と思われる映像はなかった。

　この日の捜査会議では、この第三の人物に議題が及んでいた。

「相当慎重に出入りをしていたと思われます。マンションの防犯カメラには、当日もマンション入り口まで駅方向から歩いて来た様子が映っていますが、なにしろ遅い時間で目撃者もいません。出入りをしていたとしたら、この人物はいつも遅い時間だったと思われます。手段も、近くまで車で来て、そこから歩いていたんじゃないでしょうか」

　第三の人物の捜査チームを率いている秋月義男刑事の報告が続いている。秋月も警視庁刑事部捜査一課の刑事で、宇佐見や草薙の三年先輩に当る。役職や出世にはまるで興味がない様子で現場百遍を信条にしているが、人の心を読む天性の才能があるようで、落(おと)しの名人とも言われている。

「帰りは朝だろう。帰りも見られていないのか？　それに、車なら近くの駐車場を使っていたんじゃないのか？」

　管理官の植村が疑問を口にした。

「朝といっても、この日も五時前ですからまだ暗いですし、ほとんど人通りもありません。近くには防犯カメラの設置されていない個人経営の小さな駐車場もあります。それに、深夜帯ですから路上駐車もおとがめなしなんで」

　秋月が答えた。

「確かに、出入りの様子を見るとマンションには何度も来ているように見えますね。それなのにこれだけ手がかりがないのは、マンションの出入りには相当気を使って周りに気付かれないようにしているとしか思えませんね。ますます怪しい奴ですね」

　この日も、神保署長が周りを気にする様子もなく、のんびりとした言い方で私見を披露した。

「そろそろ写真の公開捜査はどうでしょうか？」

　秋月班に配属されている木村洋平刑事が植村管理官を見て言った。木村は本庁捜査一課から派遣の刑事でまだ若いが、現場主義の秋月に鍛えられて捜査経験は豊富だ。

「うーん、そろそろ踏み切る段階かもしれないな。ただ、ほかの住人のプライバシーに関わるようなことになると面倒な事態になるし」

「しかし、初動の聞き込みではこの人物を知っている住人はいませんでしたから、やはり国枝を訪ねていた人物じゃないでしょうか。ですから、写真の公開も問題になることはないと思いますが」

　木村が植村に迫るように言った。

「これだけ慎重に出入りをして人に知られないようにしているということは、国枝以外の住人を訪ねていたとしても、その訪問先の人物もこの男のことを知られたくないと思っているんじゃないんですか?」

神保署長が、またしても意外に鋭い疑問を口にして一同を見渡すとさらに続けた。

「要するに、訪問先は実際には国枝さん以外の人物だとしても、その人物が写真の人は知らないとシラを切っている。そういうことはないですか?」

この問いに、木村が神保の方を見ながら言った。

「初動の聞き込みの際、知らないと偽証した住人がいる可能性もあるんじゃないかということですか?」

それを聞いた秋月が、戸惑った様子を見せながら言った。

「住民全員にこの写真を見てもらって確認をしました。しかし、偽証はなかったかと言われると、確かに、それはないと断定することは……」

「よし、慎重を期してもう一度全住人に当ってくれ。写真を見せて、マンション内で目撃したことはないかどうかを再確認すると同時に、受け答えに怪しい点はないか集中してくれ」

植村が、秋月班に向かって念を押すように指示をした。

「それこそ、しつこく聞くとプライバシーの侵害とかなんとか言われることはないでしょうか? 初動では素っ気なくて拒否に近い人もいましたが」

秋月が躊躇するように言った。

「その人なんか怪しいですね。そういう場合、最後に、近々写真を公開すると言ったらどうでしょうか。マスコミで騒がれることにもなり、嘘をついている人は困ると思いますよ」

神保署長がのんびりとした口調だが、またまた的を射た提案をした。

6

田代正樹が参考人としての事情聴取に応じて西城警察署を訪れたのは、宇佐見刑事らがブティック・ワンを訪れた翌週の、それも週半ばを過ぎた寒い日であった。

前日、関東地方に今季二度目の降雪があって交通網が乱れたため、田代は予定を一日遅らせてこの日西城警察署にやって来た。

不確かではあるが、犯行のあった日に他の場所で田代を見たという目撃情報があることから、捜査本部はこの聴取にはあまり期待を寄せてはいないという雰囲気だった。しかし、現れた田代を見た捜査員たちは、防犯カメラの男と田代があまりに似ているため、にわかに色めき立った。

田代は、先日の宇佐見刑事らの質問や態度から自分が疑われていることを察している様子だった。そのことで依然腹を立てているふうには見えたが、疑われていると自覚している割には自信のある落ち着いた態度で取調室に入ってきた。

「お忙しいのにすみません。関西出張はいかがでした?」

取調室には、先日店を訪れた宇佐見刑事が、書記役の佐伯刑事と待っていた。

寒々とした雰囲気の取調室も、エアコンが効き過ぎているのか厚着でやって来た田代には蒸し暑く感じられた。

「はあ、特にどうってことは」

田代は、先日店にやって来た同じ刑事による事情聴取にほっとした様子を見せたが、疑われているという思いからか依然不機嫌だった。

「寒い中、申し訳ありません。今日は、少し詳しく事情を聞かせて下さい」

宇佐見は、田代の不機嫌さにはおかまいなく聴取を開始した。

「先日、国枝さんのことはあまり知らないとおっしゃってましたが、カズコブランド社とはいつ頃から取引があったんですか?」

「うーん、五年くらい前からですかね。うちの店を立ち上げた頃からですから」

「五年。この間、国枝社長には二、三回しか会っていないということでしたが、五年も取引があって、たった二、三回ですか」

「社長に会うことなんか滅多にありませんよ。国枝さんも忙しくて、ほとんど会社にはいらっしゃらないですから」

「国枝さんが忙しい？　国枝さんが忙しいことを個人的になにかご存知なんですか？」

宇佐見は、早速探りを入れた。

「いや、そういう意味じゃなくて。デザイナーとしても活躍されていて、国内や海外のあちこちにしょっちゅう行かれてますから。ほとんど社にはおられなかったんじゃないですかね」

「社にはほとんどいなかったので、二、三回しか会っていないということですか。社員の皆さんにお聞きすると、国枝さんはけっこう社にいたようですがね」

「社長室に行くことはなかったですから。それに、この前言いましたが、今は、そうですね一年ほど前からですが、取引はしていませんので。ただ、あれからもう一度考えてみると、正確には四回ほどお会いしています」

「ほう、四回とは具体的ですね」

「ええ、全て思い出しました。店の立ち上げに際して取引をお願いに伺ってお会いしたのが最初でした。二回目は取引をしていただくことになった後で、お礼に国枝社長を銀座のレストランに招待をした時でした。あとは、カズコブランドさんが毎年取引先を招待されるクリスマスパーティーの席で挨拶をした程度ですが、二回お会いしています」

「そうですか。銀座で一緒に食事をされたこともある。多少は親しい付き合いもあったということですね?」

「とんでもない。取引出来るようになったら、一度社長を招待するのが慣例だと同業者から言われましたから、仕事だと思ってご一緒しただけです」

「なるほど。そうしますと、仕事関係以外でお会いになることはほとんどなかったということですね?」

宇佐見は、微妙な言い方で揺さぶりをかけた。

「ほとんどもなにも。仕事以外で会うことなんかありませんよ」

田代は敏感に反応した。

「ところで、この前も、また先ほども、一年ほど前から取引をしていないとおっしゃいましたが、それはどうしてですか?　何かトラブルでも?」

「いや。単に商売上のことで」

「商売上のことと言いますと?」

「……もう聞かれているんじゃないですか?　カズコブランドの商品は高すぎるんで、少し安くしてもらいたかったんですが、それは出来ないと言われて。こっちも商売ですから、高くて売れない物を仕入れるわけには行かないので取引を止めました」

「田代さんの方から取引を止められたんですか？」

「……ええ、まあ」

「これは、カズコブランド社のある社員の方から聞きましたけど。うわさかもしれませんが、田代さんが社の商品を安売りしたため国枝社長が怒って取引を止めたとか。田代さんのおっしゃっているのと違いますが」

宇佐見は、田代が一瞬間を置いて答えた様子を見て、追い詰めるチャンスとばかりに社員から得た情報をぶつけた。

「やっぱり聞いているじゃないですか。誰が言ったか知りませんが、本当のことを知らない人でしょう。安くしなければ取引を止めると、先に言ったのはこっちですから」

「田代さんが先に……ということは、国枝さんからも実際に取引停止の話があった」

「ああ。私の申し出に何も言ってこないから、こっちで勝手に値下げをして売ったら、その後でけしからんと」

「それは、むかつきますね」

宇佐見は、わざと軽い調子で言った。カズコブランド社から取引停止を言われたことで田代が国枝を恨んでいると睨んだ宇佐見は誘い水をかけたのだ。

「ああ、多少腹は立ちましたが、商売上のことですから。もし値段交渉が成立しなければ取引は止めることに決めていましたので。そもそも、カズコブランドの服は高いため、ほとんど売れませんでしたからね。こちらとしては清々しましたよ」

田代は腹を立てたことを認めた。まだ怨恨の線は残っている。しかし、ここでこれ以上追及しても無駄だろう。それにしても、もしホンボシだとしたら田代はたいした役者だと、宇佐見はこの時またしても思った。

「分かりました。ところで、これも皆さんにお聞きしているんですが、一月六日から七日、少し前のことになりますが、どこにいらっしゃったか覚えておられますか?」

「アリバイですか。やっぱり、私は疑われているんですね? ったく」

「いやいや、少しでも関係のあった方、全員にお聞きすることになっていますんで」

「どうでもいいですけど、見当違いも甚だしいですよ。訊かれるだろうと思ってその日のことも思い出しておきました。六日は、仲間うちの新年会があって横浜に行きました。横浜中華街の随苑飯店という店です」

「そうですか。時間は何時頃ですか?」

「夕方六時から十時までの会だったので、始まる直前には店に行っていました。店に聞いてもらえば分かります」

六日の夜、時間まではっきりしないが、遅い時間に中華街の近くで田代を見たという証言に一致していた。目撃者の証言は田代に似た人を見たと曖昧なものであったためこれまでは不確かな情報ないし誤った情報と考えていたが、証言は事実と考えざるを得ず、田代のアリバイは成立したことになる。

「分かりました。確認をさせてもらいましたが、田代さん、事件には関係なさそうですね。いろいろ嫌な質問をして申し訳なかったです。なにしろこちらも仕事なもので。ただ、もう一つ、一応念のためですが、新年会は十時に終わったんですか?」

「十時までの予定でしたが、何時に終わったのか正確には知りません。私は、車で行ったため酒が飲めなかったので、途中で帰りました。九時前だったと思います」

「あっ、最後まではいなかったんですか。そうですか。そうなんですか。では、これも念のためですが、その後はどうされました?」

「車で家に帰りました。帰って、シャワーを浴びて寝ました」

「ご自宅は蒲田ですよね。何時頃着きました?」

「え、まだ何か?」

「いやいや、最後まで詰めておかないと後で叱られますんで。申し訳ありません」

「十時前には着いたと思います」

「そのこと、ご存知の方いますか?」

「いや、独り住まいですから」

「随苑飯店を出られた時間、分かりますか?」

「えーと、八時四十五分、五十分頃でしょうか。そろそろ帰ろうかと思って時計を見た時が八時半過ぎでしたから」

宇佐見は、地図を思い浮かべて素早く思いを巡らした。横浜中華街から世田谷の西城公園まで車で飛ばせば、一時間足らずで到達可能ではないかと。

「分かりました。そうすると、田代さんは、六日は六時前から八時四十五分頃まで随苑飯店にいて、その後一人で蒲田の自宅に帰って休まれたということですね。随苑飯店を出た後は誰かに会われました?」

田代に似た人物を遅い時間に見たという目撃者の言った遅い時間とは、この九時頃のことだったのだ。

「いや、特に。でも、その後は、どこにも行ってませんよ」

「いやいや、分かってます。念のためです。ところで、田代さんは世田谷の西城公園に行かれたことはありますか?」

宇佐見は直球を投げた。

「いや、ありません。それって、事件のあったところですよね。そんな……」

「いやいや、これも念のためなんです。その日、西城公園の方で田代さんに似た人を見たという話があるものですから」

「そんな馬鹿な」

「いやいや、申し訳ありません。随苑飯店の方に確認はさせてもらいますが、田代さんは間違いなくその日は横浜にいらっしゃったようですので、人違いだと思います。ただ、これも確認のためなんで」

「似た人物を見た人がいる、そういうことですか。警察はそんな曖昧なことで私を犯人扱いにするんですか」

「犯人扱いにしているわけではないんですが、可能性は全てつぶさないといけませんので」

「可能性っていったいなんなんですか?」

「横浜中華街から西城公園まで車でどれくらいかかりますかね」

宇佐見は、横浜にいたという田代のアリバイを認めながらも、なお田代を煽るように言った。

「ええっ、随苑から車で西城公園まで行ったって言うんですか?　まさか。さっき言ったように、車で行きましたが、真っすぐ家に帰って寝ました」

「でも、それは誰も知らない。誰かそれを証明してくれるといいんですが」

それを聞いた田代は、いよいよ憤慨したように言った。

「そんな。そもそも誰ですか、私を見たって言う人は。その人に会わせて下さいよ。はっきりさせましょうよ。その人に会わせて下さい」

宇佐見はこのタイミングだと思った。

「そうですか。それでは、これを見て下さい。これはあなたじゃないですか？　田代さんですよね」

防犯カメラに映った男の写真をテーブルに置き、突きつけるように田代の方に押し出した。宇佐見はもちろん、書記役の佐伯も、写真を見た瞬間の田代の表情を凝視していた。田代は、写真を見た瞬間、間違いなく驚愕の表情を見せた。しかし、それはほんの一瞬のことだった。その表情の変化が本当であったかどうか、後になって二人が確信を持てなくなったほどの短い時間だった。すぐに落ち着きを取り戻した様子の田代は、写真を取り上げるとしげしげと写真を見た。

「これが私？　全然違うじゃないですか。眼鏡をかけているし髪型も」

宇佐見は、田代のその声になにか動揺の響きがあるように感じた。

「これは田代さんではないかと、たくさんの人が言ってますが」

「変装ってことですか？　勘弁して下さいよ。そもそも、これはどこで撮った写真なんですか？」

「それはちょっと言えませんが、当日の現場の近くです。本当に田代さん、西城公園には行ってませんか?」

「やっぱり完全に犯人扱いですね。いいでしょう。私は、これ以上協力はしません。弁護士を考えますので。後で誤認だったなんて言わないで下さいよ」

「あ、いやいや、犯人扱いというわけではありません。ともかく、今はいろいろ情報が欲しい段階ですから。じゃ、この写真、田代さんに心当たりはないということですね。分かりました。確認をさせてもらえばそれで結構です。お聞きしたいことはだいたい終わりましたので、今日はこれで。何か思い出すことや参考になることがございましたら、是非ご連絡下さい。今日は、ご協力ありがとうございました」

昨今、誤認逮捕やえん罪事件が世間を騒がせているだけに、宇佐見と佐伯は誤認という言葉に敏感になっていた。二人は起立をすると、田代に丁寧に頭を下げて聴取の終わりを告げた。

7

遅々として進まなかった第三の人物の捜査に、ようやく進展が見られた。

捜査会議の方針通り、防犯カメラに映った二人の男性の写真を提示しながらマンションの全住人に対して改めて聞き込みが行なわれた。中には写真をまともに見ようともしない非協力的な態度の住人もいたが、秋月刑事率いる捜査班の地道な努力で、わずかながら光明が見えてきた。

この二度目の聞き込みで、田代正樹に似ている人物を見た記憶があるという住人は二人見つかったが、第三の人物を知っているあるいは見たという情報はやはり得られなかった。ところが、三度目の聞き込みで、三階に住んでいる老夫婦の息子から、第三の人物に良く似た男性を一度見たという証言が得られた。

商社勤務のこの息子は海外出張が多く、事件当時から中東に長期出張をしていてこれまで聴取が出来ていなかった。二度目の聞き込みの際もこの老夫婦から目撃情報は得られなかったが、その際に間もなく帰国する息子がいるという話を聞き、再々度訪ねた三度目の聞き込みでようやくこの証言を得ることが出来た。

その息子によると、仕事で遅くなり深夜に帰宅してエレベーターに乗り、三階のエレベーターホールに降りた際、横にある階段を上ってゆく人物と偶然に目が合ったということであった。エレベーターがあるのに階段を使っていて変わっているなと思い、写真の人物の顔をよく覚えているという証言で、信憑性が高かった。この証言で捜査本部はにわかに活気づいた。国枝和子の部屋は四階にあり、しかもこの瀟洒な低層マンションは最上階が四階であるため、この人物は四階の住人を訪ねたことが確実になったからである。

「この男が、国枝和子を訪ねたのはほぼ間違いないな」

第三の男を捜査する秋月班のミーティングに参加している植村管理官が秋月を見た。

「はい、可能性は極めて高くなりました。ただ、このマンション、全部で八邸の高級マンションですが、各階に二邸あり、この四階の最上階にはガイシャ宅のほかにもう一邸ありますので」

秋月が慎重な意見を述べた。

「そのもう一邸の住人は、しかし写真の男は知らないと言ってるんじゃないのか?」

「はい。聞き込みでは二度とも知らないと言っていますが」

「それじゃ、間違いないだろう。この写真の男がマル被と考えていいんじゃないのか?」

「ただ、この住人、独り住まいの外国人でして。日本語はなんとか出来ますが、あまり協力的ではないもので。今のところ、知らないと言っているのも確かかどうか」

「少し、締め上げたらどうだ」

「はあ、それが。この人物、中米の大使館の参事官でして、あまり強引なことは」

「外交官か。厄介だな。しかし、それならそれで、言ってることも信用出来るだろう。隠し立てするような怪しい商売というわけでもないし。その外交官が知らないというなら、この写真の男はガイシャの部屋に出入りしていたと考えていいんじゃないのか? 田代正樹の線が怪しくなってきているから、ほぼ間違いないと思われる。そろそろ写真の公開はどうだ」

植村が、持っていた第三の男の写真をポンと机に投げ出して言った。

「はい。しかし、過去にはアメリカ大使館員が麻薬密売に関与していたという事案もありますので、いまどき外交官と言えどもすぐに信用していいかどうか」

秋月はあくまで慎重だ。

「麻薬？　中米の国か。この男、麻薬密売に関与していると？」

「いやいや、そういうわけではないですが。もし、そうした違法なことのためにこの男が外交官宅に密かに出入りしていたとしたら、外交官が知らないとシラを切ることもあるんじゃないかと。この参事官、ジョセフ・ロペスと言いますが、非協力的というより何となく落ち着かない態度に見えるもんですから。写真公開を急いで、後で妙に難癖をつけられることになっても」

「そうか。しかし、かと言って、上の方まで話を持っていって外交問題にするのも大げさだな」

「はい。それで、回り道になるかもしれませんが、今、逆にこの外交官の身辺の捜査から写真の男と接点がないか確認を進めています。接点があれば、第三のこの男がホシである可能性はほとんどないということになりますが、接点がないとなると、写真の男と国枝和子との関係がかなり確かなものになると思います」

「よし、分かった。ともかく、この第三の人物の行き先が四階に絞られたことは前進だ。この外交官との関係がないとなった段階で写真の公開を考えよう」
植村の言葉を機に秋月班のミーティングが終わり、刑事たちが一斉に立ち上がった。

8

田代正樹と第三の人物の二人について捜査が進む中、捜査本部では飯島めいの存在は忘れられかけていた。しかし、飯島の事情聴取を直接行なった草薙と堺には、どうしても気になることがあった。小柄で華奢な上にいかにも大人しそうに見える飯島が、事情聴取中に見せた態度の豹変ぶりが二人の心に引っかかっていた。

捜査会議の場で草薙がそのことを話すと、今どきの女の子は怒らせるとそれくらいのことは当たり前で、口汚くののしることも珍しくないですよと若い刑事たちから一笑に付されて終わった。確かに、国枝和子と愛憎関係にあるという推論は飛躍し過ぎているのかもしれない。しかし草薙は、二人の間に何かトラブルがあり、何かの拍子に飯島めいが態度を豹変させて凶行に及んだのではないかという気持ちを捨てきれないでいた。話してみると、堺も同じような疑念を抱いていた。

捜査会議では、当初から屈強な男性の犯行とのプロファイルが描かれていたが、犯行の凶暴さからそれは妥当な推論と思われ、草薙自身も飯島が単独で犯した犯罪と思ってはいなかった。しかも、国枝和子の携帯電話の送受信記録から、飯島の犯行とするには時間的に無理があることも分かっていた。

少なくとも飯島めいが主犯として事件に関わっている可能性がほぼなくなったため、大半の捜査員が田代正樹と第三の男に振り向けられていた。草薙の班も、各所の防犯カメラの画像解析を担当している上に、第三の男の捜査に大半の捜査員を振り分けることになり、草薙が疑念を感じている飯島めいのことまで手が回らなくなった。そこで、草薙は自分の疑念に白黒を付けるためもあって、自分の班にいる田所憲三刑事に飯島めいの詰めの捜査を頼んだ。

田所憲三も堺刑事同様、所轄の西城警察署から捜査本部へ吸い上げのベテラン刑事で、来年には定年を控えている。前頭部の髪は大きく後退しているが、残っている白髪まじりの髪が短く刈られていて清潔感がある。目元の優しい丸顔で、笑うと目尻に深いしわが寄る。どう見ても、人のいいおじさんだ。しかし、その風貌に似合わず、数々の難事件で犯人を追い詰めてきたその実力は、署内で一目も二目も置かれている。

今回、草薙班に配されたが、定年を控え、いささか体力も衰えてきている田所には、神保署長と草薙の配慮もあって、主に捜査記録の整理などを中心に署内の業務が任されていた。こうして捜査現場を外されたことに、心中はともかく、不満を言うこともなく淡々と仕事をこなしていた田所は、飯島めいの動静を念のため確認するだけの残務整理のような仕事にもかかわらず、快く引き受けてくれた。

その田所からの報告によると、飯島めいは、事件直後は気丈に出社していたが、さすがに居づらくなったのか、今は退社同然の状態で連絡も取れないとのことであった。

老練で穏やかな田所刑事に、カズコブランド社の多くの社員が素直に話をしてくれたようだ。社長に可愛がられていたことに対するやっかみと、仕事は出来るが大人しいというか妙に冷たく取っ付きにくい飯島めいの性格から、飯島の個人的な生活を知っているほど親しくしている者は一人もいなかった。驚いたことに、飯島がどこに住んでいるかさえ誰も知らなかった。

田所は、会社に提出された飯島の履歴書の住所を訪ねたがそれは以前に住んでいた住所で、入社後半年ほどして引っ越しをしていた。田所は、隣近所の聞き込みでなんとか引越し業者を探し当て、そこからようやく飯島の新しい住居に行き着いた。

「前の住まいもなかなか豪華なマンションで驚きましたが、今度はさらに高級そうなマンションで、自分なんかコンシェルジュとかいう管理人を訪ねるのも気が引けましたよ」

草薙は田所刑事の報告を受けていた。

「渋谷の南平台ですか。確かに高級そうですね。一人で住んでるんですか？」

いま部下ではあるが、年上のベテラン刑事の田所に対して、草薙の言葉遣いはいつも丁寧だ。

「はい。まだ今のところ本人には接触しないようにしていますが、コンシェルジュとかいうその管理人や仲介の不動産屋の話から、独り住まいと考えていいようです。賃貸名義も彼女一人になっていますし」

「賃貸か。南平台の豪華マンションなら家賃、相当高いでしょう」

「不動産屋によると、彼女の部屋は家賃だけで月二十万は下らないそうですよ。自分の給料だったらとてもやっていけませんね」

田所が、大仰に目の前で手をひらひらさせながら言った。

「いや確かに。我々にはとてもとても、ですね。しかし、飯島めいの給料はそんなに良かったんですかね」

「会社で確認しましたが、ちょうど家賃くらいの手取りだったようで、生活費まで考えると、とてもそんな所に住めるような給料じゃないとのことでした」

「どうして生活していたんですかね。副業でもやっていたんでしょうか」

草薙が、眉根を上げて疑問を口にした。

「自分も気になって会社の連中に聞いてみたんですが、社長に気に入られていたぶん仕事も結構忙しそうで、とても副業をするような余裕のある様子に見えなかったということです」

「何か違和感がありますね。うーん、金銭関係？　ひょっとして、飯島めいは国枝から金銭の援助を受けていて、そこでトラブったということはないでしょうか？」

田所の意見を求めるように草薙が言った。

「自分も、その可能性があるんじゃないかと思っているところです。本当に副業をしていなかったかどうかや生活の状況について聞き込みで絞ってみようと思っているところです」

「金銭トラブルによる怨恨。動機としては十分ですね。引き続きよろしくお願いします」

草薙はそう言うと、決まり事のように部下の田所に頭を下げた。

9

事件当夜は横浜にいたことがほぼ確実になり、しかも防犯カメラに映った男の写真に観念した様子も見せなかった田代正樹であったが、それでも宇佐見刑事はその田代に対する疑いを捨て切れないでいた。

確かに田代が当日横浜中華街にいたことは証明されたが、犯行が行なわれた時間に現場に到着出来た可能性も残っていた。さらに、宇佐見は防犯カメラに映った人物の写真を見た時の田代の表情の変化が気になっていた。ほんの一瞬のことで、当初は自分の印象に自信を持てなかったが、同席した佐伯刑事も同じ印象を持ったということを聞いて疑念が深まった。

しかし、捜査本部では、田代正樹に対する関心は次第に薄れつつあった。田代が捜査本部に現れた時には、防犯カメラに映った人物に極めてよく似ていることから一旦は関心が高まった。しかし、不可能ではないにしろ、田代の犯行だとするには時間的にかなり無理があると判断されていた。

「写真を見て一瞬驚いた顔をしたというだけか。その後の事情聴取で田代の態度に変化はなかったのか？」

植村管理官が捜査会議で突っ込んできた。

「はい。すぐに落ち着いた態度で応じていましたが、自分には多少動揺しているようには見えました」

宇佐見は同意を求めるように隣の佐伯刑事の方を見ながら言った。

「それも印象ということか。その程度だと、自分によく似た他人を見てちょっと驚きましたと言われても仕方ないな」

「はい。これ以上追及しようにも弁護士を立てるなんて言ってますんで」

佐伯刑事が投げ出すように言った。

「厳しく攻めたりはしなかったんでしょうね。最近は捜査方法までも後でうるさく言われますから」

神保署長が心配そうに宇佐見を見た。

「いや、普通に聴取をしたつもりですが。ただ、事実関係をはっきりさせるため仮定に基づいたことも聞きますので、勝手に犯人扱いされたと思ったかもしれません」

そう言いながらも、宇佐見はまだ田代にホンボシの可能性があると内心では思っていた。

「弁護士を立てるとまで言っているんじゃ、事情聴取を重ねるのは難しそうだな。写真に似ているというだけでは、これ以上本人を追及するのは無理だろう。後は、時間的に可能かどうかに絞り、本人を刺激しない範囲で外堀の捜査を続けてみよう。横浜から現場まで可能性のあるルート、それに蒲田の自宅に向かうルート上の防犯カメラなどに田代の痕跡はないかどうか。最近、コンビニなどの店舗や金融機関では三ヶ月程度録画を保存しているところも多い。手間はかかるが当ってみてくれ」

田代正樹の犯行の可能性を考えている宇佐見を鼓舞するかのようなこの植村の指示が、結果的に宇佐見の思いを打ち砕くことになった。

さっそく植村の方針に従って、田代正樹が横浜中華街から移動した可能性のあるルート上の聞き込みや防犯カメラの記録の収集、解析が開始された。膨大な作業量のため結論が出るまでには相当時間がかかると思われたが、予想外に早く宇佐見を失望させる結果が出た。まず、田代正樹が主張する横浜中華街の随苑飯店から蒲田の自宅マンションまでのルート上の捜査が行なわれたが、早くもそこで田代の車の記録が見つかった。田代が説明した帰宅ルートの国道15号線南蒲田の交差点を西に折れた場所で、信号待ちをしている田代の車がコンビニ駐車場の防犯カメラに捉えられていた。一月六日の午後九時三十二分に、自宅方向に向かう田代の車と同じ白いＢＭＷが確認されたのだ。確認出来たナンバープレートの頭の三つの数字も一致したため田代正樹の車と断定された。

田代らしき人物が国枝和子のマンションに入ったのは、防犯カメラの記録で六日の午後十時八分であることが分かっていた。このため、もしマンションに入った人物が田代正樹だとすると、蒲田から世田谷の西城公園まで約三十分で移動したことになる。さすがにこれは不可能と判断され、田代の線は消えた。

宇佐見は、この結果を受け入れざるを得なかった。しかし、田代を初めて見た時と、防犯カメラの写真を見た瞬間の田代の表情の変化を見た時の「怪しい」と感じた自分の勘を、この後もなかなか捨て去ることが出来なかった。

10

中米小国の大使館員、ジョセフ・ロペスの身辺捜査が密かに続けられていた。

このジョセフと第三の人物との間に関係があるかないかを確かめるという漠然とした捜査のため、第三の人物を追う秋月率いる捜査班の意気は今ひとつ上がらなかった。しかも、外交官相手であり、気付かれてねじ込まれることがないよう気を使う捜査でもあった。

こうした厄介な捜査状況の中で、ようやく一つの有力な情報がもたらされた。参事官ともなると送迎車での通勤であるため、平日、ジョセフは港区にある大使館と西城公園のマンションを往復する単調な生活を送っていた。しかし、週末のプライベートな時間になると、単身のジョセフは東神電鉄を利用して新宿方面に出かけることが多かった。

その週末のジョセフの尾行を続けた警視庁刑事の木村洋平と西城警察署刑事の原よしみ二人から、ジョセフが新宿二丁目に出入りしているとの報告が上がったのだ。

「新宿二丁目と言えば、その筋の街だろう」

報告を受けた秋月は、意外な表情を浮かべて原を見た。

「はい。ＬＧＢＴタウンで、セクシャル・マイノリティー向けのバーやショウパブが５００軒はあると言われてます」

この特別捜査本部では数少ない女性刑事の一人、原よしみは、二年の交番勤務、さらに一年のパトカー乗務の後、優秀な成績と熱心な仕事ぶりが評価され、昨年四月に任用されたばかりの新米刑事だ。フットワークの良さとさばさばした飾らない性格が持ち味で、配属先の西城警察署から特別捜査本部要員に招集され、いきなり現場に投入されていた。

「ＬＧＢＴ、セクシャル・マイノリティー？　おお、なかなか難しい言葉を使うな」

秋月は、わざとらしく顔をしかめ、原に向かって冗談めかして言った。

「同性愛ですよ」

原の相方である木村が、秋月の皮肉をはぐらかすようにあっさり言うと、さらに付け加えた。

「実際、新宿二丁目にはオカマバーやゲイバーが、そりゃもうわんさかありますよ」

「オカマバーとゲイバーは違うのか？」

「はあ？　どうだっけ？　原」

「基本的には同じものですが、通常、オカマバーはオープンな感じで、明るく大騒ぎをして、時にはセクシャル・マイノリティーだけじゃなく一般の人も一緒に楽しむ雰囲気の店。それに対してゲイバーは、セクシャル・マイノリティー同士がしんみりと二人の世界を楽しむ雰囲気の店。定義があるかどうか分かりませんが、そういう感じでしょうか」

「それで、ジョセフが出入りしている店は分かったのか?」

「はい。ある程度の社会的地位がある人達は、女性や一般の人が顔を見せることもあるオカマバーより、似た者同士が集まる静かなバーに出入りするようです。ジョセフの行きつけも、ご多分に洩れず『グラディエーター』というそうしたゲイバーの一つであることを確認しました。その方面では結構有名な店ということです」

この原の報告に、木村がさらに付け加えた。

「店員や店の客への聞き込みをして、そのことがジョセフに知られると厄介なことになりますので、今のところは張り込みで第三の人物を探しています。先週ジョセフが新宿二丁目に行ったことを確認していますが、その時には、防犯カメラに映っていた例の男の姿は見られませんでした。それから今日までは収穫はありませんが、今度の週末にジョセフがまた店に出入りすればチャンスがあると思います。その時にもこの男の影がないとなると、この第三の人物とジョセフの関係は薄い、と言いますか、関係はないと言ってもいいかもしれません。なんせ、ジョセフは新宿二丁目以外に世間との接点がほとんどありません。事件以降は騒ぎになっていて、さすがに自宅マンションでは会えないでしょうから、ここで会うしかないんじゃないかと思われます。第三の人物が大使館関係者でないことも確かめましたので、もしこの男がジョセフとは関係がないと分かれば、いよいよこの男がホンボシと思われますが」

意気は上がらないものの実は自分たちがホンボシに近づいているのではないかという優越感を交えた木村の希望的観測だ。

「田代正樹の線がほぼ消えた以上、確かにこの男がホンボシである可能性が高い。しかし、しっかりウラを取ってくれ。次の全体会議でこの第三の男をホンボシとして総力捜査に持って行けるよう詰めておく必要がある。万一この週末の張り込みでも確認出来なかったら、店や周囲に直接聞き込みを敢行してくれ。ジョセフに知られて厄介なことになったら、その時は丸山本部長に泣きを入れてなんとかしてもらう」

秋月班長の指示を受けた木村と原は、張り込み交代のため再び新宿二丁目に戻って行った。

11

飯島めいについての後始末とも言える捜査を草薙に指示された田所刑事は、捜査本部ではおおかた忘れ去られている飯島の身辺をこつこつと調べ続けていた。

いくつかの意外な事実を突き止めたが、しかし事件解決につながる、あるいはその一助になるような成果は得られていなかった。分不相応とも思える贅沢な暮らしをしている飯島めいと国枝和子との間に、犯行の動機となる金銭トラブルがあったのではないかという草薙や堺の疑いは、田所の捜査であっさりと退けられた。

飯島めいは、愛知県刈谷市の生まれであった。刈谷市の実家は、土建会社を起こした祖父が市議会議員を務めたこともある地元では有名な素封家であった。幼少期を裕福な家庭でなに不自由なく育っためいは、多感な中学生の頃、両親が離婚をするという大きな不幸に見舞われている。しかも、引き取られて一緒に暮らすことになった父親が、その後すぐに二十歳近くも若い会社の秘書と再婚をしたため、父親との間の溝が深まったようだ。

父親と新しい母親との間に子供が出来てからは、一層孤独感を深めたことは想像に難くない。そのためか、中学を卒業すると刈谷を離れ、名古屋市で一人暮らしをしながら高校生活を始めている。しかし、その高校を一年で中退すると上京し、上野にある洋裁専門学校に進んで、その後、カズコブランド社に就職していた。この間、娘を気遣う父親は、罪滅ぼしの気持ちからか必要以上に金銭的援助をしていたようで、飯島めいの生活は分不相応に豊かなものであったと思われる。

「そうすると、飯島は金銭的に困ることはなかったんですね。豪華なマンション暮らしも出来たわけだ」

田所刑事の報告を聞いた草薙は、金銭関係のトラブルは当て外れだったかという思いで言った。

「そうです。もともと資産家だったようですが、祖父から引き継いだ父親の会社もなかなかの羽振りで、相当の仕送りがされていました」

田所刑事は、難しい銀行の聞き込みまで行なってウラを取っていた。

「同性愛の問題は勇み足だったし、金銭トラブルもないとなれば、国枝にえらく気に入られていた飯島には国枝社長を殺すほどの動機はないということになりますね」

年上の田所刑事に向かって話す草薙の言葉遣いは相変わらず丁寧だ。

「少なくとも、金銭のトラブルが動機じゃなかったことは確かです」

「そうすると、長じてからいろいろ不幸はあったようだけど、お嬢さん育ちでもあるし、あのひ弱そうな飯島の線はやはり可能性がないですかね。取調中に見せた態度の急変は、もともと切れやすいタチということかな」

草薙が得心したような言い方をした。

「はあ、私はその態度の急変については見なかったもんですから、何とも分かりませんが。ただ、そのことと関係するかどうか、ちょっと気になることがあるんです」

田所が、刈谷を訪れた際に探し当てて訪ねた中学時代の同級生によると、中学二年の夏休み明け頃から飯島めいの様子が変わったとのことであった。ちょうど両親の離婚と父親の再婚というつらい出来事が続いた頃であり、当然の反応として取り立てて不審なこととは思わなかった。しかし、その際、病院通いで欠席や遅刻が以前より増えたという話があり気になった。詳しく聞いてみると、その同級生の知る範囲では、中学入学当初から病院通いで定期的に欠席や遅刻があったということだった。

「何の病気だったんですか?」

草薙が聞いた。

「それは、知らないということでした。ただ、神経の病気といううわさはあった気はするが自分の記憶違いかもしれないし、本当のことは知らないということでした。今のところは本人に知れたりしても困ると思って非公式に聞き回っていますので、それ以上突っ込めないでいます。神経の病気と言っているのが精神の病ということであれば、気分の変調で態度が急変することもあるかもしれませんね」

「確かに気になりますね。あの大人しそうな子が急に人が変わったように見えましたからね。珍しいことじゃないなんて若い連中は言ってますが、どうもひっかかるんですよ。飯島には動機となる金銭関係の問題もなかったので、事件とはあまり関係ないことかもしれませんが、もうちょっと調べてもらえますか?」

「分かりました。乗りかかった船ですから」

事件とは関係ないかもしれないという人のやる気を削ぐような草薙の言葉を特段気にかける様子も見せず、田所刑事は快く捜査の継続を承知した。

「二度も事情聴取をしているので、飯島自身も自分が被疑者とされている可能性は自覚しているはずです。シロならシロで問題ないわけだから、そろそろ家族の聴取も含め、もっと突っ込んでもらってかまいません。よろしくお願いします」

草薙は、いつものように田所刑事に頭を下げた。

12

国道15号線南蒲田交差点付近の防犯カメラに帰宅途中の車が映っていたことで、田代正樹の線は消えた。そのため、犯行の行なわれたマンションの防犯カメラに映っている田代に酷似した人物の特定が急がれたが、手がかりは全くなかった。

マンションの同じ防犯カメラに映っている第三の人物の容疑が濃くなっている現在、田代に似た人物の写真公開はプライバシー保護の観点からも時期尚早と判断されていた。万一、第三の人物の容疑が晴れた場合に写真の公開捜査に踏み切ることになっており、田代正樹の線を追っていた宇佐見刑事たちの捜査班は今のところ手詰まりの状態であった。

しかし、そんな中で宇佐見刑事と佐伯刑事は、第三の人物の捜査に期待しつつも、防犯カメラに映った男の写真を見た時の田代正樹の表情から田代が何かを知っていると感じた自分たちの勘を捨てきれないでいた。特に宇佐見は、田代を怒らせてしまった前回の事情聴取以来、なんとしても、もう一度写真に対する田代の反応を確かめたいと思っていた。

弁護士を立てるとまで言われたためこれ以上田代を刺激することは避けるべきだとしていた植村管理官も、田代のアリバイが成立したことで、それを本人に伝えることを口実に宇佐見がもう一度田代に接触することをようやく承知した。

宇佐見はブティック・ワンの田代を訪ねるため、佐伯刑事と連れ立って再び武蔵小杉駅に降り立った。前回訪れた時には冷たい風の中で寒々とした無機の街という印象を受けた武蔵小杉駅前も、今日は早春の明るい日差しに包まれ華やかな賑わいを見せていた。丸裸だった街路樹も、パステルグリーンの若葉を纏い始めており、それらがそよ風に吹かれて心地よさそうに揺れていた。

宇佐見と佐伯は、入り口で一瞬躊躇するように顔を見合わせたが、意を決すると回転ドアを勢いよく押して店に入った。店頭では、ちょうど田代がいかにも裕福そうな老婦人を相手に接客をしているところであった。

「いらっしゃいませ」

若い店員の声に田代が入り口の方を見た。

「いらっしゃい…」

二人の姿を見た田代の表情が瞬時に曇り、挨拶の言葉も途切れた。

「その節は、ご協力ありがとうございました」

田代が女性店員に接客を任せて二人に近づいて来ると、宇佐見は佐伯と一緒に丁寧に頭を下げながら言った。

「まだ、何か?」

挑むような言い方だ。

「いや。実は、田代さんの足取りを確認させていただいたところ、おっしゃる通りでしたので、そのことをお伝えに上がりました」

「こそこそと調べたんですね。やっぱり疑っていたわけですよね」

「いや、いや。この間も言いましたように、多少とも関係のある方は全員をきちんと調べないといけませんので。不愉快な思いをさせたかもしれませんがご勘弁下さい」

「的外れもいいとこですよ。じゃ、もう無関係ということですよね。仕事もありますんで、これで」

疑われていたことを腹立たしく思う気持ちはよく理解出来た。しかし、宇佐見には、田代が必要以上に自分たちを敬遠しているように思えてならなかった。

「あっ、田代さん。少しよろしいですか?」

宇佐見は、きびすを返そうとする田代を引き止めた。

「疑いは晴れたんでしょう。お客様もいらっしゃるし、もう勘弁して下さいよ。これじゃ、営業妨害ですよ」

確かに、先ほど田代が相手をしていた婦人やほかの数名の客が、見ない振りをしながらこちらに注意を向けているのが見て取れた。

「時間は取らせません。一つだけ確認したいことがありまして」

店頭でのゴタゴタを避けたい田代は、スタッフの休憩室兼会議室となっている店の奥の小部屋に二人を案内したが、不機嫌さを隠そうともしなかった。

「何ですか? 確認したいことというのは」

「前回、署の方に来ていただいた際、最後にごたごたしたため、きちんと確認出来なかったものですから。お腹立ちかと思いますが、田代さんに似た人物の写真を覚えていらっしゃいますか? 我々の勇み足で、田代さんではないかと申し上げてしまった写真です。どうですか? これ」

そう言いながら、宇佐見は内ポケットに用意していた写真を田代の目の前に急に差し出した。田代は、宇佐見のその動きにぎょっとした様子を見せたが、写真にはちらと目を走らせただけでまともに見ようとしなかった。

「もちろん、田代さんではないことは分かりました。今のところ、この人物が誰であるか大変重要になっていまして。国枝さんに関係のあった全ての方に、この人物に見覚えはないかと改めて聞いているところなんです。田代さんもカズコブランド社に時々出入りされていたようですので、どこかで見た覚えがないか是非もう一度見ていただきたくて参りました」

田代は、もう一度、ちらと写真に目を走らせると、関心もないというように首を振った。自分に似ていると言われたことを腹に据えかねている様子で、暗に協力する気はないと言っているようだった。写真の人物を見た際の田代の反応をもう一度確認したいと勢い込んでやって来た宇佐見と佐伯の期待は外れた。しかし、田代がまともに写真を見ようとせずあまりにも関心を示さない様子に、宇佐見はまた逆に疑念を持った。考え過ぎかもしれないが、やはり何かを知っているのではないかという思いが消えなかった。

「間違いないでしょうか?」

宇佐見はわざと写真を田代の目の前に掲げてもう一度念を押したが、田代は写真を見る前に首を振った。本人の疑惑が晴れているためこれ以上の追及は出来ない。

「分かりました。この人物をなかなか特定出来ませんので、近々、公開捜査になると思います」

「公開捜査？」

「はい。写真を全国の交番や駅、それにメディアに公開して、広く情報を集めることになります。プライバシー保護の点で問題となることがありますので、こうして関係のある全ての方に事前に確認をとるようにしています。マンションの住人にこの人物を知っている者はいませんし、これで国枝和子さんに関係した方々も大方確認が済みましたので、間もなく公開捜査に踏み切ることになると思います。今日はご協力ありがとうございました」

宇佐見の先入観がそう思わせるのか、田代正樹は公開捜査と聞いた時から動揺した様子が見られ、言葉もなく二人を見送る姿は心なしか呆然としているように見えた。

13

大使館員ジョセフ・ロペスと第三の人物との間に関係があるかどうか、今度こそ分かる可能性が高いと秋月刑事が期待していた週末、ジョセフは新宿二丁目に出かけることはなく西城公園のマンションに籠もりきりだった。ジョセフが新宿二丁目のバー、グラディエーターに出入りしているという事実は掴んだが、その後二週間あまり経っても第三の人物の姿を見ることは出来なかった。焦りの出てきた秋月に命じられ、木村と原は、週明けからグラディエーターやその周辺の店の聞き込みを開始した。世間でようやくＬＧＢＴが認知されるようになったとは言え、街に出入りする人物の個人情報について、ここの住人たちが神経質になっていることは十分理解出来た。それにしてもグラディエーターのオーナーの口は堅く、のらりくらりとした返事が返ってくるだけであった。

「うーん、見たような気もするけど、よく分からないわねえ」

グラディエーターのオーナーは、かつて大相撲で活躍をした把瑠都そっくりの大男で、飯田マコと名乗った。女っぽい口調とその見た目のアンバランスに引き気味の原刑事は、しかし食い下がった。

「この人を犯人として追っているわけではないんです。この辺りに来ているかどうかが分かれば、それだけでもいいんです」

「ええ、でもねえ。たくさんお客さんいらっしゃるから、いちいち覚えてなんかいないわよ」

「でも、見たような気はするんですね」

「だから、たくさんのお客さんの中にいたかもしれないけど、はっきりしないのよ」

「こういうお店は、常連さんが多いんじゃないんですか？　一見さんが入れ代わり立ち代わりってあるんですか？」

「あら、失礼ね。このお店って結構流行ってるのよ。おなじみさんも多いけど、そのおなじみさんに連れてこられる一見さんも多いのよ」

「それじゃ、その常連さんに連れてこられた人の中に、この写真の男がいた気がするということですね」

「だから、はっきり覚えていないのよ。見たような気もするけど、似た人かもしれないし。分からないわ」

「じゃあ、ともかくこの店に来た可能性はあるということですね」

押し問答を続ける原の袖を引いて、帰るぞと目で合図をしながら木村が言った。

「分かりました。ご協力ありがとうございました。従業員の皆さんはまだお見えではないようなんで、皆さんがいらっしゃる時にまた来させてもらうかもしれません。その際もご協力よろしくお願いします」

木村が原を押し出すようにして、二人はグラディエーターを出た。

「どうしてですか？　どうして帰るんですか？　もう少しはっきりさせてもいいんじゃないですか」

原が不満そうに言った。

「バカだな。ママは知ってるって言ってんじゃないか」

「えっ？」

「あの連中はあの連中で仁義を守ってるんだ。客の秘密を守ろうとしてとぼけているんだよ」

「はあ？」

「本当に見たことがなかったら、知らないとはっきり言うだろう」

「でも、記憶が曖昧だからあんなふうに言ってるんじゃないですか？」

「記憶に残らないくらいの客なら知らないで通すさ」

「じゃ、何であんな言い方を？」

「客の秘密をバラさないという仁義を守りつつ、男が店に出入りしていたことがいずれ分かった時に嘘をついていたと非難されないように知恵を働かせているんだよ。あの時ははっきり思い出せませんでした、忘れてましたってね」

「どちらにも顔が立つように？」

「っていうか、自分たちを守るための方便というとこかな。あの連中もあの連中で大変なんだよ」

「気が付きませんでした。すみません」

「別にあやまることはないよ。聞き込みの要領もこうしてだんだん覚えていけばいい。しかし、そうすると、この男はジョセフと関係があった可能性が高くなり、当日もジョセフの部屋に出入りしたということで、この事件とは関係なくなるな」

「ええ。でも、まだはっきりしたわけじゃないですよね」

「もちろん。これで目星はついたので、後は従業員を落とし、本人につないで決着をつけよう」

「でも、従業員も同じじゃないですか？　ママさんからあらかじめ注意されれば同じように答えるんじゃないかと思いますが」

「ママさんから注意がいく前に、今ここで不意打ちを食らわすんだよ。そのつもりで帰る際に、いずれ従業員が居る時にまた訊きに来るって言って、ちょっとママさんを油断させておいたんだよ」

「……」

「携帯で連絡でもされると困るんでね」

「勉強になります」

原がそう言って木村に頭を下げると、そのまま二人は従業員の出勤を待つため店の前に張り付いた。

14

飯島めいの過去の動静を念のために確認する作業のような捜査を続けている田所刑事は、その後、二度愛知県刈谷市を訪れていた。当初容疑者の一人ではあったが、ひ弱そうな女性で動機も見当たらず、時間的にも犯行は難しいと思われることから、飯島は本部の捜査線上からますます遠ざかりつつあった。ただ、飯島には、事情聴取中に見せた態度の豹変ぶりという漠然とした疑問が最後に一つだけ残っていた。その疑問を解くために飯島の病歴まで調べることになった田所は、個人のプライバシーを強く侵害する聞き込みであることから慎重に行動していた。

最初の出張捜査では、生家の近隣の住民や探し出した元同級生らにそれとなく話を聞こうと骨を折った。しかし、なかなか有力な情報を得ることは出来なかった。そのため、田所は二度目の来訪で直接関係者への聞き込みを敢行した。

まず、通っていた小学校と中学校を訪ねて、遅刻、早退の記録や理由を探ろうとしたが、既に記録は処分されており手がかりはなかった。中学校では、二年、三年時の担任がまだ在職中であったおかげで、当時の事情を聴取することが出来た。しかし、飯島めいの出欠のことまでは記憶にないという返事であった。その上、たとえ記憶があったとしても、長期休学などでない限り病院の診断書などは必要でなく、遅刻、早退の場合は保護者からの連絡のみでよかったため、その理由までは分からないとのことであった。

田所は、しかしその元担任教師が何かを知っていると感じたが、分からないと断言されてしまったため、それ以上追及することは出来なかった。飯島めいの足跡調査は本件の主要捜査ではなく、脇を固めるため隠密に進めるいわば補足的な捜査であるという性格上、飯島家への聴取を躊躇していた。しかし、これまでの現地の聞き込みで飯島めいの生い立ちには喉に小骨が刺さったような違和感が残っている田所は、草薙の許可もあり三度目の出張捜査でいよいよ飯島めいの家族への聴取に踏み切った。

田所は、飯島めいの父親が社長を務める飯島工務店の本社をあえてアポなしで突然訪問した。飯島工務店本社は、東海道本線と名鉄三河線が乗り入れる刈谷駅の北口繁華街にあった。社屋は壁面がコンクリートの打ちっぱなしになった斬新なデザインで、最近建て直されたらしく真新しい六階建てのビルだった。受付で社長との面談を申し入れ、受付嬢を通じて何度か用件のやりとりをした後、ようやく五階の応接室に通された。

「突然にお伺いして申し訳ありません。警視庁西城署の田所です」

警察手帳を差し出しながら丁寧に頭を下げた。

「飯島です。娘のこととか？　何でしょう？」

飯島利彦社長は、あらかじめ調べた紳士録では六十六歳のはずであったが、豊かな頭髪や肌の色つやからは四十代と言っても通りそうであった。若い秘書との再婚の情報もなるほどと思われた。

「ご存知とは思いますが、お嬢さんが勤められていた会社の社長が亡くなられるという事件がありまして、その件で伺いました」

「カズコブランド社ですね。はい、知ってますが。あの事件に、娘がなにか関係を？」

世界的服飾デザイナー国枝和子の殺害事件は、発生から二ヶ月半あまり経った今でもしばしばワイドショーで取り上げられ、様々な憶説を生んでいた。

この間、警察は関係者全員の情報を広く集めるというふうを装って飯島めいをはじめとする特定の容疑者の名前が流布しないように努め、それに成功していた。飯島社長は、娘のめいから事情聴取を受けたことはもちろん国枝社長に可愛がられていたことなども聞いていない様子で、娘が事件と関係していることなど夢にも思っていないふうであった。

「あ、いや。被害に遭われた国枝さんに関係のあった方々を全員調べさせていただいています。まだ、犯人が特定出来ていませんので、どんなわずかな情報でも欲しいということで」

田所は、関係者の末端である飯島めいあたりまで話を聞く順番が回って来たというふうに言った。

「それで、聞きたいこととはいったい何でしょう」

「はい。お嬢さんが、カズコブランド社に入社されたいきさつをお聞きしたいんですが」

「……あの、娘に何か疑いがかかってるんですか?」

「あ、いや。みなさんにお聞きしていることでして。例えば誰かの紹介で入社された方なら、その紹介された方も含めて国枝社長と関係のあった人物の範囲を広げることが出来ますので」

「なるほど。まあ、もう調べられているでしょうが、娘は名古屋の高校から東京の職業高校に転校しました。昔からデザインの勉強をしたいと言っておりまして、東京の、確か上野服飾学園という高校、と言いますか専門学校に入りました。ただ、もうその頃から自分で勝手に決めてやっていましたので、その先のことはよく分かりません」

「そうですか。でも、お嬢さんの面倒をよく見られていたようですが?」

「はあ? どういうことですか」

「ずいぶん、仕送りなどされていたとか」

「ああ、娘、そんなこと言ってましたか。あの子は、私がだいぶ年を取ってからようやく授かった子でして。大事に育てたつもりですが、成長するとだんだん離れて行ってしまって。まあ、自然の成り行きでしょうが」

「自然の成り行きと言いますと、何かお嬢さんが離れて行かれる理由でも？」

「いやいや、成長すると誰でも親元を離れてゆくという意味ですよ。しかし、妙ですね。カズコブランド社への入社のいきさつ、本人から聞かれなかったんですか？」

「カズコブランド社の全員に話を聞きました。もちろん、その際、お嬢さんからもお話は伺っていますが、入社のいきさつまでは聞いていなかったもので」

歯切れが悪かった。

「その後、お嬢さんにお話を聞く機会もなく。いい機会ですので、お聞きしようと思ったまでです。飯島さんならお顔も広く、何か伝手でもあってのことではないかと思ったものですから」

「そうですか。ともかく、知らんです。本人の好きなようにやらせていましたから。今、いい機会だからとおっしゃいましたが、と言うことは、お見えになった本当の目的、訊きたいことは他にあるということですか？」

頭が切れる。さすがに、ここまで会社を成長させただけのことはあると田所は感じ入った。これ以上、ごまかしは利かない。田所は腹をくくらざるを得なかった。

「はい。もう一つ是非お訊きしたいことがありまして。ご存知なかったようですが、実は亡くなられた国枝社長、お嬢さんのことを大変気に入られていたようで、お二人はだいぶ親密にしておられたようなんです」

飯島社長が眉根を寄せた。

「やはり、娘に何か疑いがかかっているんですね？」

「いや。最初から正直にお話をすればよかったんですが、まだ公には出来ませんので。実は、本件には既に被疑者が浮かんでおりまして、今、その詰めの捜査に入っております。その外堀を埋めるためにも、国枝社長と近しい人は最後の一人まで徹底して調査をしているところなんです。お嬢さんご本人に疑いがかかっているわけではないですが、お嬢さんも国枝社長に気に入られて個人的にもお付き合いがあったようですので、ここまでお話を伺いにきた次第なんです」

「なるほど。それで、訊きたいというのはどういうことでしょう」

飯島社長は、腑に落ちない様子のまま言った。

「ええと、その前に。お嬢さん、何かご病気があったんでしょうか？」

「えっ。それ、いったいどういう関係があるんですか？」

「あ、いや。直接は関係ない話ですが。そもそも、本件は相当体力のある男性の犯行で、その点からもお嬢さんに関係ない事件ですが、それにしても、お嬢さんが華奢で弱々しそうに見えたものですから」

「何か、聞かれているんじゃないですか?」

「どういうことでしょう」

「もう分かった上でお訊きになっているんじゃないですか? 体が弱そうだなどとかまをかけていらっしゃるんでしょう。後でとやかく言われても困りますので、申し上げますが、確かに、あの子は子供の頃病院通いをしていました。本当はご存知だったんでしょう?」

「……はい。ただ、関係者からのうわさ程度でしたので、確認をしたかったんですが」

「じゃ、もう、分かっていると思いますので。めいは、中学生の頃まで、心の病と言いますか、情緒が不安定で病院で診てもらっていました」

「情緒が不安定?」

「はい。普段は大人しくていい子でしたが、時々ヒステリーというんですか、気分にむらがあって、気にした家内が病院に連れて行ってました」

「どちらの病院でした?」

「隣の知立(ちりゅう)市にあるなんとか心療内科というクリニックでしたが、正直、よく知りません。私は、めいを病院に連れて行くことに反対でしたので。家内とは、そのことでえらくもめて、もう勝手にしろという感じでしたから」

「それは、前の奥さんですね?」

「そこまでご存知ですか。まあ、もう、めいから聞かれてますよね。前の家内です。まあ、そんなこんなで、めいが中学生になった頃に離婚しました」

「すぐに再婚されていますが、その頃から娘さんに変わった様子はなかったですか？」

「どういう意味ですか？　やっぱり、娘に何か疑いがかかっているんですね」

「あ、いやいや。細大漏らさずの原則でして。いや、失礼しました。で、病気についてはなんと」

「ですから、情緒不安定と。病名までは知りませんが、要するに情緒が不安定だと先生に言われたと聞きました。でも、それは治りました。中学三年の初め頃まで一人で病院に行ってましたが、もういいと言われたということでした。ですから、その後は名古屋での一人暮らしも許したんです」

「何という病院か思い出せませんか。あるいは、先生の名前なんか」

「だから、病気も治ったし、もう関係ないんじゃないですか。そこまで言う必要があるんですか？　そもそも、娘はあなたがここに来られることを承知しているんですか？」

「あ、いや、お会い出来ていないものですから」

「そうですか。最初に聞いておくべきでした。親とはいえ、娘のプライバシーに関することをこれ以上勝手にしゃべるわけにはいきません。娘には疑いがかかっていないなどという口車にうまく乗ったようですな」

「いやいや、そんなつもりでは。もうこれで終わりに致しますので、病院名だけでも思い出していただければ」

「本当に訊きたかったことはそのことだったんですね。それは、本人に訊かれたらどうですか？少なくとも、本人の許可を取ってきてもらわないと。今日のことも含めてですが、これ以上質問があれば、会社の顧問弁護士に相談した上で対処します」

最後は気色ばんだ飯島社長に追い出されるようにして、田所は飯島工務店本社ビルを後にした。

15

事件当日に国枝和子のマンションの防犯カメラに映っていた第三の人物の捜査が大詰めを迎えていた。目下のところ、この第三の人物が国枝和子と同じ階に住む中米の大使館員、ジョセフ・ロペスの知り合いかどうかが焦点になっていた。もし、この男がジョセフの関係者であると証明されれば、第三の人物は国枝和子と直接の関わりはなく、犯人である可能性が極めて低くなる。

秋月班は、ジョセフが大使館以外で出入りする唯一と言っていい場所が、新宿二丁目のバー、グラディエーターであることを突き止め、木村刑事と原刑事が聞き込みをかけた。店のママは、写真の人物は知らないととぼけた様子で答えたが、木村は、従業員を急襲してはっきり事実を確認しようと、店を出るとそのまま店の脇で原と張り込みを続けた。

その作戦が功を奏した。最初に連れ立って出勤して来たヨシオとカズキと名乗る二人が、写真の人物をあっさりと特定してくれた。上野御徒町にあるゲイバー「サザン」に勤める通称ケンジという同業者であることを教えてくれた。その道では多少名の知れた人物で、以前は時々店に来てジョセフという外国人と親しくしていたが、最近は見かけないということであった。

これで、第三の人物はジョセフの知り合いであることが分かり、国枝殺害犯の可能性がほぼ消えたため、木村と原の意気はおおいに下がった。しかし、最後の詰めをする必要があった。二人は、グラディエーターのママあたりから連絡がいくことを警戒して、その場から上野に急行した。

二人は、山手線の御徒町駅を出ると上野広小路方面に向かった。街は、桜の最盛期を迎えて賑わう上野公園から流れてきた人々で溢れ、華やいだ宵の空気に包まれていた。

サザンは春日通り裏の複雑な路地の奥にある店だったが、原が操作するスマートフォンのナビで容易に見つけることが出来た。第三の人物、通称ケンジが犯人である可能性は低くなったこともあり、二人は周囲への慎重な聞き込みを省いて直ちに店に入った。

「いらっしゃーい」

思い切り明るい声で迎えられた。開店直後のようで、カウンター内に女装した男性だと一目で分かるママらしい人物と、テーブルを拭いている従業員の二人がいるだけで客はいなかった。

木村と原が警察手帳を出して名乗ると、何かやましいことでもあるのか、にこやかに二人を迎えたママらしい男性は、急に神妙になり明らかに動揺した様子を見せた。

「ここのママさんですか?」

原がカウンター内の人物に声をかけた。

「はい。ケイコですが、なにか?」

不安げな様子だ。

「この写真の方、ケンジさん、こちらにいらっしゃると聞いて来ましたが」

原が、防犯カメラから作成した写真をケイコと名乗ったママに見せながら訊いた。

「ああ、ケンちゃん。ケンちゃんにご用なのね?」

いかにもホッとした様子で、奥の従業員に頷きかけながら続けた。

「ねえ、ヨッちゃん、ケンちゃんを呼んできて。もう着替えは終わったと思うわ。さっき来たばかりなんです。すぐに来させますから。で、ケンちゃんが何か?」

「ああ、いや。所轄の事件で、参考までに少しお聞きしたい事がありまして。助かります」

原が、ほんの参考程度にちょっと話を聞きにきたという態度で答えた。

そこに、三、四人の客が店に入ってきた。

「お晩でーす」「私、もうおバンでーす」「ははは っ、あんたがおバンなら、私はとっくにおバンでーす」

いやはや、賑やかだ。

「いらっしゃーい。あーら、珍しい。皆さん、ずいぶんお見限りだったこと」

客と大はしゃぎをしながら、ママが木村と原に気を使ってくれた。二人を急いで従業員の更衣室兼休憩室となっている奥の部屋に案内して、そこでケンジに会わせてくれた。

早くから捜査線上に上がっていた第三の人物に遂に行き着いた。

通称ケンジと呼ばれていたこの第三の男は、町田賢二と名乗った。防犯カメラには細面に映っているが、斜め上から撮られたためと思われ、実際にはどちらかと言うと丸顔の優しそうな顔立ちで、その道では確かにもてそうだと特に根拠もなく木村は思った。

二人が部屋に入って刑事であることを告げた時、町田は驚愕の表情を見せた。しかし、すぐに観念したように町田賢二であると名乗ると、いつか刑事さんがやってくると思っていたと言った。その言葉に、秋月と原は町田がホンボシかと一瞬色めき立った。

しかし、その意味するところは違っていた。町田は、ジョセフ・ロペスと深い関係にあったことを認めた。そのジョセフから、国枝和子が殺害された夜の防犯カメラに自分が映っていて、警察が捜していることを聞かされていた。自分は事件とは関係ないから警察に申し出たかったが、ジョセフから絶対にだめだと言われていた。ジョセフが、立場上、同性愛者であることを絶対に知られたくないという想いからのようであった。そうして見ると、初動捜査時からジョセフが非協力的な態度を取り続けていたことも理解出来た。

「事件のあった一月六日の夜のこと、聞かせてもらえますか?」

木村が、穏やかに質問を始めた。

「あたし、関係ないですよ。ジョセフの部屋にいて何も知らないから」

「何時頃、部屋に行かれたんですか?」

「夜の十一時半過ぎだったかしら。防犯カメラに映っていたんだから、知ってるんでしょ」

確かに、町田が十一時三十五分にマンションに入った事は、防犯カメラで確認されていた。時間はほぼ正確だ。

「よく、覚えていますね」

「当たり前よ。刑事さんが探しているって聞いてから、あの日の事を何度も考えてみたもの」

「ジョセフさんの部屋に行くまでに、誰か見ませんでしたか?」

「誰にも会わなかったわ。人に見られないように、遅い時間に行って階段を使っているんだから。ただ、いつだったか三階のエレベーターホールの横の階段を上がる時に偶然エレベーターから降りてきた男の人と顔を合わせたことがあって。だからヤバいと思ってたの」

「ヤバいって？」

「あたし、犯人にされているんでしょ。怪しいもんね。事件の日にマンションに行ったことは防犯カメラでバレてるし、マンションでは四階に行ってることもバレてんだからほんと怪しいよね。でも、絶対に関係ないわよ。あの日もジョセフの部屋に行って、それから朝まで居たんだから」

「亡くなられた国枝さんに会ったことは？」

「全然知らないわよ。絶対に人に会わないようにしていたから。ジョセフにそうしろと言われて、わざわざ夜の遅い時間に行って、朝、早い時間に帰ってたから」

「事件の日、何か物音がしたり変わった事はなかったですか？」

「変わった事もなかったし、何にも気が付かなかったわ」

「ずいぶん長い時間ジョセフさんの部屋にいたようですが、何をしていたんですか？」

二人で共謀して国枝殺害を企てた可能性もないわけではないと思い付いた原が、木村に替わって訊いた。

「あら、刑事さん、野暮な事を聞かないでよ。二人っきりで楽しい事に決まってるでしょ」

質問をした原は、恥ずかしそうに俯いてしまった。

確かに百パーセントとは言い切れないが、町田は限りなくシロと考えざるを得なかった。後は、ジョセフに事実を突きつけてウラを取る事になるが、木村と原は、この第三の人物の線が消えたことを確信した。

16

防犯カメラに映った第三の人物は、国枝和子の向かいの部屋の住人、ジョセフ・ロペスを訪れた人物であることが確認され、国枝和子殺害犯の有力候補であったこの人物も捜査線上からおおかた消えることになった。もう一人の有力候補者である田代正樹に似た人物に関する手がかりも今のところ皆無で、暗礁に乗り上げた感のある捜査本部に、その日激震が走った。

西城警察署に設けられた特別捜査本部に、田代正樹が自ら出頭してきたのだ。田代は、伝えたい事があると宇佐見刑事を名指しして、一人で西城警察署を訪れた。外回りから直ちに呼び戻された宇佐見が、前回事情聴取をした同じ部屋で佐伯刑事と共に田代を迎えた。今回は、事の重大さに植村も同席していた。

関係者控え室で待たされてようやく呼ばれた田代が、伏し目がちに取調室に入ってきた。

「お待たせをして申し訳ありませんでした。この間はどうも。今日は、なにかお話しいただく事があるとか?」

深刻な顔付きで入ってきた田代の気持ちをほぐすように、宇佐見はことさら明るい調子で言った。

「あの、公開捜査は始まったんでしょうか?」

「はあ?」

「この間、そろそろ写真の公開をするような事を」

「あっ、あのことですか。それにつきましては捜査上の機密でもありますので」

宇佐見は、戸惑った表情で植村の方を見た。

「はい。公開捜査につきましては、次の捜査会議で決定し通達する予定です。恐らく、来週あたりから写真の公開が始まるかと思いますが」

宇佐見が田代正樹に似た人物の写真の公開を臭わせて来たと悟った植村が、いかにも既定事実であるかのように答えた。

「そうですか。あの……実は見せていただいた写真に心当たりが」

田代正樹が意を決したように言った。顔面が蒼白だ。

「えっ」

植村が声を上げた。しかし、宇佐見と佐伯は驚かなかった。写真を見た際の田代正樹の態度から、田代が写真の人物について何かを知っていると疑い続けていた二人は、してやったりと顔を見合わせた。

「知らないとおっしゃってましたが。どういうことですか?」

宇佐見は、はやる気持ちを抑えて冷静に問いかけた。

「弟じゃないかと。いや、弟なんです」

「えっ、弟。田代さんの弟さんということですか?」

宇佐見も、さすがにこれには驚いた。もちろん身上調査は行なわれていた。田代に姉はいるが男兄弟はいなかったはずだ。

「三歳違いの弟がいまして。ただ、生まれてすぐ、子供のいなかったおばの家に養子に行きましたので名前は違います」

「写真の人物、間違いないですか?」

「はい。間違いありません。本人にも確かめましたから」

「ええっ」

今度は三人が揃って驚きの声を上げた。

「確かめた？　いったい、弟さん、今どこにいるんですか？」

宇佐見が、急き込むように聞いた。

「いや、今、それは、ちょっと」

「しかし、それでは犯人を隠避することになりますよ」

植村が、身を乗り出すようにして言った。

「弟は犯人じゃありません。国枝さんを殺すようなことはしてません。弟は絶対に犯人じゃない。そう信じてます。今日は、そのことで宇佐見さんに相談に来ました」

田代は助けを求めるように宇佐見を見た。

「それじゃ、弟さんは何のためにあのマンションに行ったんですか？　マンションには誰か知り合いでも」

自分に相談しに来たと聞いた宇佐見は、気を鎮め努めて冷静に問いかけた。

「いや。国枝さんのところに行ってました。国枝さんと付き合っていたようです。取引をさせていただくことになったお礼に、国枝社長を銀座のレストランに招待した際、弟も一緒でした。その頃、弟も私と一緒に仕事をしていました、と言いますか、共同で店を始めたところでしたので。その時会ったのを機会に二人の付き合いが始まったようです」

「田代さん、あなたはそのことをご存知だったんですか？」

「はい。薄々は、そうじゃないかと」

「それじゃ、事件後に写真を見た時、弟さんと分かったんですね？」

「一瞬はそう思いました。ただ、髪を伸ばしたりして様子が変わっていましたので、違うんじゃないかと。と言うか、違っていて欲しいと」

「様子が変わっていた？」

「はい。一緒にブティックの仕事を始めましたが、少しゴタゴタしたため一年あまりで縁を切る形になって、それ以来会っていなかったものですから」

「一緒に店を立ち上げた友人というのは弟さんだったんですね。ゴタゴタというのは？」

「恥ずかしい話ですが、会社の金を使い込んだりして公私にルーズなところがあったものですから、けんか別れのようになって」

「それ以来会っていなかった？」

「はい。もちろん、この事件は知っていましたが、なんで刑事さんたちが私のところに来たのかわけが分からなかった。しかし、写真を見た時、私が疑われている理由が分かりました。実際には、弟が疑われているんだと分かりました。しかし、それは違うんじゃないかと。いや、違っていて欲しいという気持ちが強くて」

「国枝さんと関係もあった弟さん、証拠の写真もあるし、疑われても仕方ないとあなたも思ったわけだ。やはり、犯人隠避ということになるんじゃないの？」

黙って聞いていた植村が抑え気味ではあるが、脅すように言った。

「弟は犯人じゃないですから」

田代は身をよじるようにして言った。

宇佐見は、机上の手を植村の方にずらしながら植村を制するような素振りを見せて言った。

「先ほど弟さんに確かめたと言われましたが」

「はい。写真が他人の空似であって欲しいという気持ちで弟を探しました。けんか別れした後、音信不通になっていましたのでなかなか連絡が取れなくて。昔の友人たちを辿ってようやく連絡が取れました」

「それで？」

「写真は弟でした。事件のあったマンションに出入りしていたことは認めました。しかし、絶対に犯人じゃないと言ってます。それは間違いないです」

「どうしてですか？　どうしてそう思われるんですか？」

「弟の話を聞いてそう思ったんです。その話を、宇佐見さんにも弟から直接聞いてもらいたいんです。犯人扱いにしないで、本人からまず穏やかにその話を聞いてもらいたいんです」

「うーん、話を聞くにしても、まず姿を見せてもらわないと」

「弟は、国枝さんと付き合いがあって、あの日もマンションに行った自分が逮捕されることを恐れているんです。自分は絶対犯人じゃないから、そのうちに必ず本当の犯人が捕まると信じていて、それまでは絶対見つからないようにしているつもりなんです」

「いつから連絡を取っていたんですか？　この前お店に伺った時にはもう知っていたんですね」

「私は弟を信じています。弟が犯人ではないと確信しましたので、このまま黙っていようと思っていました。そのうちに真犯人が捕まれば全てが解決すると思っていました。早く犯人が捕まればと願っています。しかし、この前、写真を公開すると言われて。そうなると、もう隠れようがないし、私たちの生活もめちゃめちゃになる可能性が。私も、もうどうしていいか分からなくて。こうなったら、名乗り出て実際のことを話した方がいいんじゃないかと」

「それなら、今日一緒に来ていただければよかった」

「私もまだ迷っています。弟も迷っていて。やっぱり逮捕を恐れているんです。だから、まず私が宇佐見さんに頼んで、参考人として静かに話を聞いてもらえるなら弟も実際の事を話すと言ってくれましたので、今日、私が来たんです。とにかく、一切の疑いを持たないでまず話を聞いてやってくれませんか。お願いします」

あまりに意外な展開に、三人の刑事は互いの顔を呆然と見合わせるばかりであった。

17

捜査開始当時、飯島めいは三人に絞られた国枝和子殺害犯容疑者の一人ではあったが、プロファイリングによる犯人像とはかけ離れているということもあり、早くから捜査線上の片隅に追いやられていた。

ただ、華奢でいかにも大人しそうな飯島が、事情聴取中に見せた態度の豹変ぶりに草薙はこだわっていた。そうした衝動的な行動が犯行に結びついたのではないかという草薙のやや飛躍した疑念を解消するための補足的な捜査を頼まれた田所刑事は、調べているうちに飯島の過去に妙な違和感を覚え始めていた。

飯島めいが心の病で病院通いをしていたといううわさが確かな事実であったことを父親の口から聞くと、田所の感じていた違和感がますます強くなった。父親の話から、情緒が不安定ということで隣の知立市にある心療内科のクリニックに通院をしていたということまでは分かった。父親から具体的なクリニック名や病名を確認出来ないうちに追い出されてしまった田所は、知立市で心療内科を標榜するクリニックを片端から当ってみた。

しかし、当然のことながら、個人情報保護を建前に医師たちの口は堅く、かなり時間も経っていることから有力な情報を得ることは出来なかった。一旦東京に帰った田所は、草薙と協議をしたが、飯島めいが犯罪者であるという根拠がないため、たとえ過去の通院先が分かったとしても、飯島の受診歴を照会したり捜査協力を依頼することも出来ないことを確認し合っただけであった。

「どうも気になりますねえ。こうなったら、もう一度、本人の聴取もやむを得ないですかね」

田所の報告を聞いた草薙が思案顔で言った。

「私が最初カズコブランド社の連中に話を聞いた時にはあまり注意しなかったんですが、今思うとちょっと気になることがあるんで、本人聴取の前にもう少し調べてみたいんですが」

田所が申し出た。

「気になること?」

「飯島は頭痛持ちだったようなんです。ただ、周りの女性社員にも頭痛持ちは多く、お互いに頭痛薬を融通し合うこともあったそうで、特別珍しい話でもないと思ってそのまま忘れていました。ただ、その社員は、飯島めいの持っている薬が特別良く効いたと笑っていまして。今思うと、薬局で売ってる薬ではなく病院処方の薬ではないかと」

「今でも病院通いをしているということですか?」

「その可能性があるんじゃないかと思いまして」

「なるほど。今でも病院通いをしていれば、病気のことが分かりますね」

「はい。ただ、今は単なる頭痛で通院していて、過去の病気は関係ないかもしれませんが」

「もしそうだとしても、病歴などの情報は手に入りそうですね。やってみて下さい。もし、本当に病院通いをしていてその病院を特定出来た場合には、必要なら正式な捜査協力の依頼も出してもらうようにしますから」

「分かりました。やってみます」

田所刑事は、飯島めいの日常に張り付くことになった。

署内業務で比較的時間の余裕があって遊軍を仰せつかったとはいえ、田所刑事も一日中飯島を監視することが出来るわけではなかった。病院通いをしているとしたら午前中の早い時間に出かける可能性が高いと踏んだ田所は、朝の八時頃から十時過ぎまでの時間帯に絞って、飯島の住む高級マンション近くに張り込んだ。

今は無職同然の生活にもかかわらず、飯島は毎日朝から外出をした。最初の三日は、旧山手通り沿いの小さなファストフード店に朝食の買い出しに出かけただけの飯島を尾行して徒労に終わったが、四日目に僥倖(ぎょうこう)が訪れた。

その日、九時を過ぎてからマンションの玄関に現れた飯島は、これまでのジーンズ姿ではなく、清楚な白のブラウスにベージュのパンツスーツというよそ行きの装いであった。表通りに出ると、飯島はタクシーを拾った。すぐに走り出したタクシーを、田所も慌てて拾ったタクシーで追った。飯島の乗ったタクシーは旧山手通りから多摩川通りに入ってしばらく走ると、右手に折れて大きな病院のエントランスに着いた。田所が警察手帳を出して車の追跡を頼んだタクシーの運転手は、いささか強引な運転をして田所の肝を冷やしたが、前のタクシーにわずかに遅れてエントランスに車を着けた。

急いで院内に入った田所は、ホテルのロビーを思わせる広い一階フロアーの中央にある上りエスカレーターに乗っている飯島の姿を見つけると、その後を追った。二階にはいくつかの診療科の外来ブースがあるが、そこの受付に飯島の姿はなかった。エスカレーターを乗り継いで三階に上がった田所は、エスカレーターを降りたすぐ右手の廊下の一番奥にある診療科の受付にいる飯島の姿を見つけた。

飯島は、通い慣れている様子で受付の女性と会話を交わしていた。遂に飯島めいの通院の事実を突き止めた。田所は、その通院先を「関東医科大学池尻医療センター　メンタルケア科」と手帳に書き留めた。

18

西城警察署に置かれた国枝和子殺害事件特別捜査本部は、朝からピリピリとした空気に包まれていた。

今日、田代正樹の弟、金子俊樹の参考人聴取が行なわれる。日本列島を挟んで通り過ぎた二つの低気圧で、昨日は東京に春の嵐が吹き荒れた。街路樹の小枝や若葉がまき散らされ、街にはあちこちに嵐の爪痕が残っていた。

そうした中、金子俊樹が田代正樹に伴われて西城警察署に到着した。参考人として事情を聞くということでなければ聴取には応じないという田代兄弟の強い意向を捜査本部が受け入れた格好で、ようやく今日の事情聴取が実現した。あくまでも参考人聴取という建前ではあるが、聞き取りはこれまでと同じように取調室で行なわれることになった。

聴取は、田代正樹に名指しをされた宇佐見刑事が行なうことになった。取調室には宇佐見の他に書記役の佐伯刑事と、もう一人秋月刑事が待ち構えていた。秋月は第三の人物の捜査を担当していたが、警視庁捜査一課では落しの名人と言われていて、今日は後輩の宇佐見刑事のバックアップを命じられ、控えていた。

部屋に呼び入れられた金子俊樹を見た三人の刑事は、田代正樹が入ってきたものとばかり思った。それほど金子俊樹と田代正樹の二人は似ていた。カズコブランド社の社員が防犯カメラに映った人物を田代正樹と考えたのも無理はないと三人の刑事は納得した。しかし、落ち着いてよく見ると、眼鏡をかけている上に、田代正樹に比べてなんとなく崩れた印象を受けた。伏し目がちに部屋に入ってきた金子は、相当に緊張している様子であった。

「どうぞ。どうぞ、こちらにお座り下さい」

宇佐見は、金子がリラックス出来るように、いかにもくだけた調子で椅子を勧めた。

「金子俊樹さんですね。宇佐見です。よろしくお願いします。ええと、こちらが秋月刑事、そちらが佐伯刑事です。一緒に事情を聞かせていただきます」

秋月と佐伯にチラと目を走らせると、金子は宇佐見に目を向けた。

「宇佐見さんにだけ会うということでしたが」

「もちろん、私がお話を聞かせていただきます。ただ、決まりで記録を取ることになっていますし、後で確認漏れがあったということでは困りますのでご容赦下さい」

金子は不満そうな表情をしてもう一度秋月と佐伯に目をやった。

「早速ですが、田代さんから伺いましたけど、なにかお話を聞かせていただけるとか」

金子の気を逸らすように、宇佐見は直ちに本題に入った。

「俺はやってません。俺が、殺したんじゃないです」

金子はしばらく押し黙っていたが、いきなり興奮した様子で言った。

「国枝和子さんのことですね？」

「ああ、国枝さん。俺が殺したんじゃないです」

「どういうことですか？」

「もう、死んでいたんだ。俺が行った時には殺されていた」

「えっ」

三人の刑事は、思わずお互いに顔を見合わせた。

「あの日、あなたは国枝さんの部屋に行ったんですね。そういうことですね？」

宇佐見は急き込むように訊いた。

「ああ。行ったけど、俺が、殺したんじゃない。もう、死んでたんだ。俺じゃない」

「分かりました。金子さん、分かりましたから、少し順序立てて聞かせて下さい。まず、事件のあった一月六日、あなたが国枝さんのマンションに行ったことは間違いないですね？」

「防犯カメラに映っていたんでしょう。兄貴から聞きました」

「それじゃ、一月六日二十二時〇八分、夜の十時八分にマンションに入られたことは間違いないですね？」

「ああ。時間までは覚えていないけど、十時過ぎでした」

「マンションに入ってからどうされました？」

「裏口の直ぐ横にある階段を使って四階の国枝さんの部屋に行きました」

「階段ですか？」

「あまり人に見られたくないので、行った時はいつも階段を使っていました」

ジョセフの部屋に通っていた町田賢二と同じことを言った。こそこそ人目をはばかるようなことをやってる奴は、同じような知恵を働かせるものだなと秋月は可笑しくなった。

「誰かに会いませんでしたか？」

「いや。そのために階段を使ってんだから」

「それから、どうしました？」

「だから、部屋に入ると死んでたんだ。血だらけで死んでいて……」

「ちょっと待って下さい。部屋にはどのようにして入ったんですか？」

「ドアを引いたら開いたんだ。いつものように鍵を差し込んだけど鍵はかかっていなかった。おかしいと思ったよ。国枝さんは用心深いというか、約束の時間に行った時でも必ず鍵がかかっていたのに、その日は鍵が開いていたんだ」

「鍵がかかっていなかった？」

「ああ」

「いつもは、あなたが自分で鍵を開けて入っていたんですね。その鍵というのは?」

「国枝さんにもらって持ってましたから。行った時はいつもその鍵を使っていました」

「鍵は、今お持ちですか?」

「いや」

「そうですか。じゃ、いずれ後でいいですからその鍵を見せて下さい」

「……鍵は、捨てました」

「捨てた?」

「国枝さんと付き合いのあったことが分かるのが怖くて、関係のあるものはみんな捨ててしまいました。だから、鍵はもうないです」

金子は戸惑ったように答えた。

「国枝さんの部屋の鍵を持っていた。それじゃ、金子さん、あなたはいつでも自分で鍵を開けて国枝さんの部屋に入ることが出来たわけだ」

秋月が初めて口を開いた。

「はあ?」

「マンション入り口のロックは、もらった鍵のタッチで解錠出来るようですから、四階に上がって国枝さんの部屋に入るには、あなたが自分で鍵を開けるか、内から国枝さんに開けてもらうということになりますよね」

「そうだけど。あの日は鍵がかかっていなかった」

「実際は、あなたが鍵を開けて入ったんじゃないですか？　その証拠をなくすために鍵を捨てた」

「はあ？　そのつもりなら、最初から鍵を持っていたなんて言いませんよ」

「部屋の鍵が開いていたということを信じさせるために、逆にそんなふうに言ったんじゃないですか？　もし、あなたが鍵を開けていないとしても、国枝さんに内から開けてもらって入った可能性も残っている。どちらにしても、あなたがマンションに行った時には、国枝さんはまだ生きていたんじゃないですか？」

秋月が、いかにも疑り深い表情を作って言った。

「冗談じゃないよ。鍵はかかっていなかった。ドアが開いていたんで入ったらもう死んでいたんだ」

「なにかそのことを証明する方法がありますか？」

「俺の話を聞いてくれるということだったろう。だから、来てやったのに。俺の言ってることを疑うなら帰る」

金子の表情が変わった。緊張した硬い表情に怒りが滲んでいた。

「疑うもなにも。その話が本当だということを証明することが出来ないと」

秋月は、金子の表情を無視して言った。

「こっちこそ、証明もなにも。本当の話なんだから。鍵は持っていたけど、その日は使う必要がなかったし、そもそも国枝が内から開けてくれることなんて一度もなかった」

金子は、国枝和子を呼び捨てにし始めた。深い仲だったことが窺い知れた。

「自分で鍵を開けて入ったことを隠そうと考えて、つまり証拠を隠そうとして鍵を捨ててしまったんじゃないですか?」

秋月はしつこかった。しかし、金子を責め立てながら、秋月は宇佐見としきりにアイコンタクトをとっていた。金子の言っていることが真実かどうか確かめるために、突っ込みを入れていることを秋月は目で伝えていた。

「話が違うだろう。宇佐見さん、あんたがちゃんと話を聞いてくれるというから来たんだ。全部話すと腹を決めて来たんだよ。それなのに何だよ。こんなことだったら、来るんじゃなかった。兄貴の言うように弁護士でも頼むんだったよ。ちゃんと聞いてもらえると思ったから弁護士なんて必要ないと言ったのに。騙されたよ。任意だからいつ帰ってもいいと言われたんで帰る。もう帰らせてもらう」

金子が憤然として立ち上がった。上気して充血した目には、うっすらと涙も浮かべていた。秋月も宇佐見も、金子の怒りが本物であることを認めた。

「まあまあ、金子さん。どうぞ、座って下さい。秋月刑事も金子さんのおっしゃっていることを本気で疑っているわけではないんですよ」

秋月刑事を手で抑えるような仕草をしながら、宇佐見が金子に向かって穏やかに言った。

「話のウラを取る、つまり話が本当だということをいつも裏付けなければならない我々の習性で、秋月もしつこく聞いたんだと思います。お気にさわったかもしれません。秋月にはもう席を外してもらいますんで勘弁して下さい。お約束通り、後は私だけが話を聞かせてもらいます。記録係に佐伯刑事は残りますが、それでいいですか?」

後はお前が金子の話を聞いてやれという秋月からのアイコンタクトによる指示を理解した宇佐見は、役目の終わった秋月を外へ出るように促しながらそう言った。

渋々席を外すという芝居をしながら秋月が部屋を出ると、金子は力が抜けたように再び椅子に腰を下ろした。

「ついつい、いつもの取り調べの癖が出たようで。勘弁して下さい。後の話は私が聞かせてもらいますのでよろしくお願いします」

金子は、ふて腐れたように黙ったままだ。

「先ほどまでの話では、階段で四階まで上り、鍵を使って部屋に入ろうとしたが鍵はかかっていなかった。鍵を差し込んで気が付いたということでしたが、どんな具合だったんですか?」

押し黙っている金子にきっかけを与えるように宇佐見は問いかけた。

「差し込んだ鍵が空回りをして変だと思い、取っ手を引いたら開いたんだ。それまで、鍵がかかっていないことなんてなかったからはっきり覚えている」

「分かりました。それでは、金子さんが部屋に入った後のことを聞かせて下さい」

宇佐見からお茶を勧められ穏やかに問いかけられると、金子がことの顚末を話し始めた。


正月三が日が開けた一月四日、国枝和子から金子に会いたいというメールが届いた。

自分との連絡専用にと渡してくれた携帯に、こうして気ままに連絡をしてくる国枝を最近疎(うと)ましく思うようになっていた金子は、都合が付いたら連絡するとそっけない返事をした。それに対して国枝からは恨みがましい返信があったが、金子はあえてそれを無視した。

金子が国枝の部屋に出入りするようになったのは、ほんの一年ほど前からであった。付き合い始めてからそれまでは、新横浜駅周辺のホテルで人目を忍んで逢瀬を重ねていた。しかし、ある日、忙しい中でようやく取れた夕刻のいっとき、慌ただしく金子と肌を合わせた後で国枝が名古屋に向かおうと新横浜駅のホームに立った際、たまたま、反対ホームに止まったのぞみに知り合いのファッション雑誌記者が乗っていた。後日、その記者に新横浜駅で見かけたと言われて以来、国枝はそれまで以上に慎重になった。

一昨年のパリコレクションに続き、昨年はニューヨークコレクションでも成功を収め、ファッションデザイナーとして国際的に不動の名声を得ようとしている矢先であり、離婚同然とはいえ妻子持ちである金子とのスキャンダルの発覚を恐れた。以来、国枝は世間に顔を知られた自分が人目に触れないで済むよう、金子を自宅に招き入れるようになった。もちろんここでも、金子は離れた場所に車を止め、夜遅くに裏口から出入りするなど国枝の指図通り人目には気を付けていた。国枝の心配症はそれだけに止まらず、金子との連絡には、会社名義で登録した法人携帯のうちの二つを、社員も知らない二人専用のいわば秘密の携帯電話として使っていた。

こうしてお互いに気を使いながら当初はしばしば国枝のマンションで密会をしていたが、このところしばらく会っていなかった。国枝からのメールで、激しく求めてくる国枝和子の妖艶な肢体が思い起こされ、久しぶりにその豊満な体を抱きたくなった金子は、二日後の一月六日夕方国枝にメールをした。

すぐに、いま客が来ているから後でもう一度連絡をくれという返信があった。国枝に言われた通り、金子は夜の八時半少し前にもう一度メールを入れたが、その時はどういうわけか返事がなかった。いつもはそれほど時間を置かずに返信をくれる国枝にしては珍しいなと一瞬不審に思ったが、客を返して風呂にでも入っているのだろうと金子は考えた。しかし、二十分ほどしてもう一度メールを送ってみたがやはり返事はなく、前のメールもまだ既読になっていなかった。長湯でもしているのだろうと勝手に想像し、半分腹を立てながら九時過ぎに練馬の自宅から車で国枝のマンションに向かった。

その日も、西城公園沿いの通りに車を置いて、そこから裏通りを歩いて国枝のマンションに向かい、夜の十時過ぎにマンションの裏口玄関に着いた。初めて金子がこのマンションに招かれたその日に渡してもらった鍵をセンサーにタッチしてマンションの裏口から入ると、いつものようにエレベーターホール脇の階段を使って四階に上った。手に握っていた鍵を部屋の鍵穴に差し込んだが、いつもと勝手が違った。鍵はかかっていなかった。唐草模様が刻み込まれたシルバーの洒落た取っ手を引くと、すっとドアが開いた。これまでと違う。おかしいと思いながら部屋に入った。

いつもと違うのはそれだけではなかった。ドアを開けたとたんに、これまでと違う空気を感じた。玄関ホールには、文字通りこれまでとは違う、何とも言えない生ぐさい臭いのする空気が充満していた。

異変を感じた金子は国枝の名前を呼んだ。返事はなかった。声を張り上げても静まり返っている。玄関ホールから真っすぐ伸びる長い廊下の突き当たりにあるドアが半開きになっていて、その先の居間から明かりが洩れていた。金子が靴を脱いで恐る恐る居間のドアに近づいて行くと、生ぐさい臭いがますます強く鼻を突いてきた。半開きのドア越しに、絨毯に横たわったヒトの上半身が見えた。その顔は国枝和子のものであったが、首から下はどす黒い血に覆われた大きな肉の塊にしか見えなかった。居間に入った金子は、全身に鳥肌が立ち、早鐘のような動悸で頭がくらくらした。国枝の下半身は、引きずり出された内臓が血の海の中でとぐろを巻いているという凄まじい状態であった。血の臭いにわずかな便臭の混じった生ぐさい臭いはそこから立ち上っていたのだ。

金子は呆然として立ち尽くしたが、どれくらいの時間そうしていたか今でも思い出せない。ハッと我に返ると、とにかくこの場から逃げなくてはという思いしか頭には浮かばなかった。どうしてあの時すぐに警察に連絡しなかったのかとその後も自問し続けたが、やはりそれは出来なかったと今でも思う。

「国枝さんの遺体を発見した時、なぜすぐに警察へ連絡しなかったんですか?」

金子の話を黙って聞き続けていた宇佐見刑事がようやく口を開いた。

「……」

「自分がやっていなかったのなら、普通、すぐ警察を呼ぶでしょう」

「……」

「そうすれば、防犯カメラに証拠も残っていて、多少手間取ったとしても、マンションに入った時間から警察に通報するまでの時間を計算すれば、あれだけのことをするには時間が短すぎて、あなたの犯行とは考えられないということになったと思いますが」

「頭の中が真っ白で。防犯カメラのことなんかも知らなかったし。ともかくこの場に居てはまずいということしか考えられなくて。それで、すぐにマンションを出ました」

「そこに居てはまずい？」

「頭の中が真っ白だったことしか思い出せませんが、離婚話でもめている時期でもあり、国枝との間も最近はぎくしゃくしていて。自分が疑われる可能性が頭の中をよぎったんだと思う」

とにかくマンションに着いたら国枝和子は既に死んでいて、自分はすぐにその場から逃げたのでこの犯罪には関係がないと金子は繰り返した。

「すると、部屋に入るとすぐに国枝さんの遺体を発見し、しばらく呆然としていたものの、我に返って慌ててマンションを飛び出したということですか？」

「そうです。部屋に入ったら、国枝はもう死んでいた」

「そうですか。でも、変ですね。ショックを受けて呆然としたとしても、そんなに長くはないですよね」

「どれくらいだったか今でも思い出せない。二、三分じっとしていたかもしれないし、ほんの一瞬だったかもしれない」

「ですよね。せいぜい数分。すると部屋に入ってから飛び出すまでそんなに時間はかかりませんよね。でも、あなたは四十分近くもマンションに居たんですよ」

金子は、びくっとした。

「怒らないで下さいよ。防犯カメラで出入りを計算すると、金子さんは四十分近く国枝さんのマンションに居たことになる。犯行も十分可能な時間なんですよ」

金子の目が宙を彷徨い始めた。

「マンションに四十分ほど居て出て行った人物が犯人である可能性が高いと考えて、防犯カメラに映っているその人物、すなわちあなたを我々は探していたんです。金子さん、四十分もいったい何をしていたんですか？」

「証拠を残したくなかった」

金子が観念したように言った。

「えっ。じゃ、やっぱりあなたが？」

「そうじゃない。自分が国枝と付き合っていた証拠を残したくなかった」

一刻も早くこの場を離れたいと思いつつも、金子に保身の気持ちが働いた。国枝と深い付き合いがあったことが分かれば、自分に疑いがかかることは間違いない。この部屋に出入りしていた証拠を全て消したかった。

国枝が揃えた金子のための洗面道具や下着類をまず片付けた。それらはいつもの決まった場所にあったので、すぐに見つけることが出来た。金子が本当に探したかったものは二つあった。一つは借用書だ。金子は国枝にかなりの額の金を借りていた。

兄の田代正樹に追い出されるようにしてブティック・ワンを辞めた後、自分の店を持ちたいという夢を語ると、国枝が半ば押し付けるように金を貸してくれた。その際、国枝は必要ないと言ってくれたが、自分が冗談半分に書いた借用書が残っているはずだ。借用書には名前が書いてある。自分に借金のあることが分かれば間違いなく疑われる。なんとしても取り戻したかった。しかし、その借用書がなかなか見つからなかった。居間のキャビネットの中や書斎にある机の引き出しを次々に探したが見つからなかった。結局、借用書は最後に探した納戸の小さなチェストの引き出しの中にあった。

もう一つ、国枝が金子との連絡専用に使っていた携帯は絶対に探し出す必要があった。二人のメールの通話記録が全て残っているはずで、人に見られるわけにはいかなかった。その秘密の携帯もなかなか見つからなかった。恐らく客の前では用心して使わないようにしていたと思われる。一番奥にある寝室のベッドの上に、枕で隠すように置いてあるところを最後に見つけた。用心深い国枝のことだ、客がいる間は、ちょくちょくそこに行ってチェックをしていたのだろう。

国枝が普段使っていた彼女名義のもう一つの携帯は、遺体の横のソファーテーブルに無造作に置いてあった。その中にも自分に関する情報がある可能性を考えた金子は、その携帯も一緒に持ち出した。

最後に主な場所の指紋を拭い取ることまでしたため、思わぬ時間がかかってしまった。

二人の連絡用に秘密の携帯があり、その携帯と国枝の普段使いの携帯の二つを持ち出したこと、主な場所の指紋を消したことは宇佐見に正直に話したが、借用書のことは言わなかった。金子は、まだ犯人に疑われることを恐れていた。金銭トラブルがあったと疑われたくなかったのだ。借用書は、持ち帰って自室の灰皿ですぐに燃やしてしまった。

「そう言えば、マンションを出る際に大きな紙袋を持っているところが防犯カメラに映っていました。いろいろ持ち出した。そのために時間がかかったわけですね。で、持ち出したものはどうしたんですか?」

「捨てました。さっき話した鍵と一緒に全部捨てました」

「えっ、捨てた。……そうですか。しかし、今の話を聞くと、国枝さんは金子さんとの連絡用にもう一つ別の携帯を持っていたんですね。社員用に会社名義で契約したたくさんの携帯電話の中の二つを使っていたわけだ。ただ、そのことは、社員の誰も知らなかった。その情報がなかったため、初動捜査でそちらの携帯の通信記録を手に入れることはしていなかった。国枝さん個人の名義の携帯については、プロバイダーの通信記録を押さえることは出来たが、その記録にあなたとのやり取りと思われるものはなかったし、事件当日の夕方以降も、たしか事務連絡の二件以外に通信の記録はなかった」

二人の連絡専用に使っていた会社名義の携帯には記録が残されているはずだ。

「二人の携帯さえあれば、事件当日の通信記録が確認出来たんですが。しかし、それも捨ててしまったわけだ。ともかく、部屋にいた時間が長かった理由は分かりました。しかし、だからと言って金子さんが犯人ではないと証明は出来ない」

「なんだかんだ言っても、宇佐見さん、あんたも俺を疑っているわけだ」

金子が気色ばんだ。

「いやいや、疑っているんじゃなくて。金子さんが犯人じゃないことをなんとか証明出来ないかと」

「証明も何も。俺が行った時、国枝はもう殺されていたんだ。俺の前にいた客がやったんだ。さっき言ったように、客が居るからとメールがあった。どう考えてもその客だろう」

「どうしてその客がやったと言えるんですか?」

「だって、おかしいんだ。夕方にした最初のメールで、今客がいるから後でもう一度連絡をくれと言われたんで、大分経ってからもう一度メールしたけど」

「えっ、メールをし直したってことですか？」

「ああ、来る前にもう一度連絡してくれと言われたんだ。言われた通りメールしたけど返事がなかった。それで、しばらくしてからもう一度。だから、最初のメールのやり取りの後、こっちから二回もメールしたけど返事がなかった。国枝は、どんな時にもわりと早く返事をくれるのに、その時は二回とも返事がなかった。風呂にでも入っているんだろうぐらいに思ってたけど、二度とも結局返信はなかったんだ。国枝が全く返事をよこさないなんてことはこれまで一度もなかったし、そもそもその時は既読にもなっていなかった。俺が二回目のメールをした時にはもう殺されていたんだと思う」

「返事がなかった？　その二回目と三回目のメールは何時頃ですか？」

「だいたいの予定が知りたくて少し早めだったから、八時半前に二回目のメールをして、それから二十分ぐらいしてからもう一度」

「その記録が残っていれば……」

宇佐見が金子の顔を覗き込むようにして言ったが、金子は唇を噛んで押し黙っている。

「九十日の保全要請期間が過ぎていますからね。ただ、その期間が過ぎてからまだそれほど時間が経ってませんので、ひょっとしてプロバイダーから記録を押収出来るかもしれませんが、まっ、恐らく無理でしょう」

それまでひたすら記録を取り続けていた佐伯刑事が、初めて口を開いてそう言うと続けた。

「しかし、もしその二つの携帯がどこかに残っていれば、すぐに事実を確認出来るんですが。金子さんは八時半前にメールをしたと言われましたよね。その時間には、まだ飯島めいがマンション内、恐らく部屋にいた時間です。もし、その時間に、金子さんの持っていた携帯に送信記録があり、国枝さんの携帯に受信記録があって、それに返信をした記録がなければ、飯島の犯行の可能性が高くなりますよね」

「飯島めい？　それ、だれ？」

金子が反応した。

「あっ、いやいや。こちらの話で」

宇佐見にまずいと顔をしかめられ、佐伯が慌てて言った。

「ははあ、あの時の客の名だよね。飯島めい。そいつだよ、そいつが国枝を殺したんだ」

「ままっ、そんなことより、持ち出した国枝さんの携帯は捨てたと言われましたが、いつどこに捨てたんですか？　あなたが無実である証拠になったかもしれない。あなたが国枝さんにもらったご自分の携帯はありますよね？　それと国枝さんが使ってた携帯の二つが揃えば、決定的な証拠になる、というか証拠になったはずですが」

「……あるよ」

しばらく考え込むようにしていた金子はそう言うと、初めてほっとした表情を見せて続けた。

「情報を消去してから捨てようと思って携帯だけは取りあえず捨てないでおいたけど、なんだか触るのも怖くなって二つともそのまま家に隠してある」

19

国枝和子殺害事件の捜査が急展開した。出頭してきた田代正樹の弟、金子俊樹は、自分がマンションに到着した一月六日の夜十時過ぎに国枝和子は既に殺害されていたと証言したのだ。

その証言は、金子が使った携帯電話と金子の家から押収され、情報通信局でロック解除された国枝の携帯電話双方の履歴から信憑性が高いと判断された。すなわち、夕方六時過ぎの金子からのメールは、双方の携帯に発信、着信した内容がそのまま残っていた。しかし、「客は帰った？いつもの時間でいい？」という八時二十二分と八時四十五分に金子が発信した記録は、国枝の携帯に受信されているものの、それらに対する既読、返信の記録は双方の携帯になかった。

それまでの二人のやり取りでは、金子の送信に対して国枝はほとんど時間を置かずに返信をしており、金子の言うように返信の出来ない不測の事態が生じたと推論するに十分であった。このことから、八時二十二分、遅くとも八時四十五分の段階で既に国枝は返信の出来ない状態、恐らく殺害されていたものと推定され、その時間にまだ部屋にいたか部屋を出る前後だったと思われる飯島めいが犯行に関わっている可能性が極めて高いと判断された。

しかし一方、捜査本部が早くに取り寄せた国枝和子名義の携帯電話の送受信記録では、八時三十三分に渋谷にある旅行会社「楽々ツアー」から旅行日程案について連絡が入っており、それに対して八時三十五分に国枝から了解の旨のメールが返信されていた。楽々ツアーの担当者への聞き取りでは、面会者の多い国枝には、電話ではなくメールでやり取りをすることになっており、その日も遅くなったが八時三十分過ぎにメールで要件を伝えたとのことであった。

この楽々ツアーのメールに返信があったことから、捜査本部は国枝和子が八時三十五分にはまだ生存していたと考えてきた。そしてこのメールこそが、国枝和子殺害は飯島めいの犯行ではないことのアリバイになっていた。すなわち、飯島が、八時三十五分まで生存していた国枝和子をわずか十分程度の時間で殺害して全裸にし、腸を引っ張り出した上に頸部に切開を加えて八時四十八分に悠然とマンションを出ることなどまず不可能だと考えられたからである。

金子俊樹の証言から、ここに来て飯島めいのアリバイに疑念が生じてきた。このため捜査本部は改めて飯島に出頭を求めることになった。捜査会議では、即刻逮捕状を請求するべきとの意見もあったが、飯島の扱いには慎重を要すると判断した植村管理官は、まず任意出頭を求める決定をした。その判断は、田所刑事が地道に続けてきた傍流捜査の結果を踏まえたものであった。すなわち、飯島は幼少時から精神上の問題を抱えていた可能性があり、現在も大学病院のメンタルケア科へ通院をしているという事実を考慮した上での判断であった。植村は、飯島に任意出頭を求める決定をすると同時に、現在飯島が通院をしている大学病院の担当医師に対する任意の参考人聴取と、刑事訴訟法197条2項に基づく診療録開示の手続きを命じた。

飯島は、案外すんなりと事情聴取の出頭要請に応じてくれた。

彼女にとって三度目の聴取となったが、三度目であることでかえって気楽に応じてくれたものと思われた。しかし、今回はこれまでと違って取り調べの意味合いの強い事情聴取にならざるを得なかった。飯島の気持ちを波立たせないように、事情聴取はこれまで通り草薙が担当し、書記役も同じ堺が務めた。ただ、今回は、草薙に命じられて隠密で飯島の跡を追っていた田所刑事も同席をした。

取調室に入ってきた飯島は、顔なじみになった草薙刑事と堺刑事を見てほっとした様子をみせ、穏やかな表情をした年配の刑事が同席していることはあまり気にしていないふうであった。

「今日はまたご足労をおかけして申し訳ありません。国枝和子さんの件でもう一度お話を伺わせていただきたく、よろしくお願いします」

草薙は、途中から彼女の態度が豹変した前回の事情聴取を思い出しながら、丁寧な言葉遣いで飯島を迎えた。堺と田所も続いて名乗って頭を下げたが、やはりこの時も、飯島は新たに加わった田所に関心を示す様子は見せなかった。

「捜査を続けておりますが、国枝さんが亡くなられた時間を詰めることが出来ないでおります。あの夜の国枝さんの行動をもう一度洗い直すため、飯島さんが訪問されている間のことを再度確認させて下さい」

「……はい」

白のプリーツスカートにざっくりとした淡いピンクのドルマン・シャツを纏った飯島は、いかにも清楚で大人しい印象であった。

「これまでも確認させていただきましたが、一月六日の夕方五時四十二分に国枝さんと一緒にマンションに入られた？」

「はい」

「マンションの入り口から、国枝さんの部屋まではどれくらいかかりますか？」

「えっ」

「エレベーターですよね？」

「あ、はい」

「四～五分ですかね？」

草薙が訊いた。

「早ければ一～二分、どんなにかかっても三分くらいだと思います」

「行きも帰りも同じですか？」

「帰りは、エレベーターが下に下がっていると上がってくるまで少し時間はかかることもありますが、だいたい同じです」

「そうですか。どんなにかかっても五分以上かかることはないですね。すると、お二人は六時前には国枝さんの部屋に着いていた。部屋に着いてから国枝さんはどのようにされていました？」

「どのように？　……大抵は、すぐ部屋着に着替えて居間でくつろいでいましたが」

「あの日も国枝さんは着替えて居間でくつろいでいた」

「はい」

「あなたはどうされていたんですか？」

「いつものように、すぐに料理を始めました」

「そのあとのことは、前回まででだいたいお聞きしましたが、あなたが料理、確かパスタを作って、買ってきたおつまみと一緒にワインを飲みながら二人で食べた。いつも時間をかけて食事をされたということでしたが、食べ終わったのは何時頃ですか?」

「はっきりは覚えていませんけど、八時頃だったと思います。テレビで八時からの歌番組がちょうど始まった時間だったような気がします」

「そうですか。それまでの間に国枝さんが誰かと連絡をされていたようなことはなかったですか?」

「料理をしている間はキッチンから着信音は聞こえないので分かりませんが、社長は携帯をいつも側においていましたから携帯を使われていたかもしれません。それに、途中、書斎や寝室によく行かれますので、その時のことは分かりません」

「それじゃ、あの日、あなたは国枝さんが携帯を使うところは見なかったんですね」

「あ、いえ。食事の後のことですが、社長の携帯に何か連絡が入り、ご覧になっていました」

いきなり、最も重要なポイントにさしかかった。内心の興奮を抑え、草薙はそのまま何食わぬ顔で質問を続けた。

「それは、何時頃ですか?」

「私が帰る少し前だったので、八時半は過ぎていたと思います」

そのメールが、八時三十三分に受信され、八時三十五分に返信された楽々ツアーとの連絡メールのことだと考えられた。

「で、国枝さんはそのメールに返事をされていた」

「はい。内容を確認されて、それから返事をされていました」

「そんな時間に何か急ぎの用だったんですかね。誰か訪ねてくるというような内容ではなかったんでしょうか？」

「いえ。旅行会社から旅行予定の確認の連絡でした」

「え、そうですか？　前回事情聴取をさせていただいた際には、国枝さんには誰かいい人がいて、あの日その人と連絡を取っているようだったと、なにかそのようなことを確かおっしゃったと思いますが」

草薙がそう言うと、飯島は一瞬言葉に詰まった。

「その連絡を取っていた相手が犯人である可能性が高いと考えて、我々は捜査を続けてきているんですが」

「言ったかどうか良く覚えていません。もしそう言ったなら私の思い違いです。そうそう、それとは別のメールのことだと思います。あの時は、私がまるで国枝社長の愛人のように言われ混乱していましたから」

飯島の視線が、一瞬宙を彷徨(さまよ)ったように見えた。

「別のメール？　あの夜、国枝さんは他にもメールをされていたんですか？」

「そうだった、と思います」

「変ですね。国枝さんの携帯の履歴では、あの夜はメールのやり取りは一回しかなかったんですが」

言葉に詰まった飯島の表情が、また変わった。草薙は、前回の事情聴取の時と同じことが起きたと感じた。堺と田所も、飯島の少し蒼白となった顔の変化に気付いた。焦点を合わせるように目を細めたその表情は、能面のような不気味な印象を与える。

「それがどうかしたんですか？　もしそうなら、私の記憶違いということでいいですよ。そんなこと事件と関係ないでしょ」

それまでの丁寧な言葉遣いが、急に険のある物言いになった。

「いやいや、国枝さんが殺害された時間を確定するために大変大事なことなんでお聞きしているんです」

「何回メールがあったかなんて、ほんとは覚えていない。とにかく、私が帰る直前に社長は旅行会社とメールのやり取りをしていました。その後すぐに帰ったので、私はその後で何があったのか知らないし、社長が殺されたことなんか関係ありません」

「なにも、あなたが殺害に関係したなんて言ってないですよ。今、私たちは、国枝さんの部屋で起きたこと、そしてその正確な時間を追っているだけですから。一つでも矛盾があると困るんです」

　飯島は、机上の一点を見つめたまま口を閉ざしてしまった。

「あの、私から一つお聞きしていいですか?」

　草薙に目線で了承を得ると、田所が押し黙っている飯島に穏やかな口調で問いかけた。

「さっきおっしゃった別のメールというのは、他の日にあったメールをあなたは勘違いしておっしゃったんですね、きっと。ということは、あなたが訪問されている時、別の日にも国枝さんにはよくメール連絡があったということですね?」

　すると、飯島は据(す)わった目をゆっくりと田所に移した。

「ええ」

　唐突に質問をした田所に警戒する素振りを見せた飯島も、優しそうな年配刑事の穏やかな物言いに思わず答えてしまったという様子だ。

「電話でのやり取りはなかったんですか?」

「部屋の電話では時々。でも、携帯ではほとんどがメール連絡でした」

　横にいる堺は、いったい何が聞きたいんだと怪訝そうな顔で田所を見た。

「なるほど。国枝さんは、携帯ではほとんどメールを。あなたがいる時もよくメールをされていたわけだ。国枝さんはあなたのことをずいぶん気に入っていたと聞きましたが、メールの内容もだいたいはあなたに話されてたんですね」

「そんな、まさか」

飯島は、質問の意図がよく分からないといった様子で間をとって答えた。

「あれ？　国枝さんにはいい人がいて、その人からよく連絡があったとあなたがおっしゃったように聞きましたが。そのメールがあると、国枝さん、そのことを話してくれたんじゃないですか？」

「そんなこと言ってません。いつか社長が口を滑らせて、いい人がいるような言い方をしたのを聞いただけです。そう言ったはずです。それに、メールの内容も想像しただけで、そんなことをいちいち教えてくれるほど社長とは親密じゃありません。ひょっとして、まだレズを疑ってるんですか？　カマをかけてるんでしょう」

「あ、いやいや。そうですか。国枝さんは、メールの内容をいちいちあなたに報告したりはしなかったんですね」

「当たり前でしょ」

飯島は、いかにもイライラした様子を見せた。

「これはすみません。どうも私の早とちりのようで、つまらない質問でした」

先ほど、メールは旅行会社からの予定確認だったとメールの具体的な内容まで即答した飯島に違和感を覚えた田所は、飯島に水をむけてみた。国枝が教えてくれなければ自分でそのメールを見たということになる。

憤然とした飯島に頭を下げた田所は、草薙の方に頷いて終わったという合図を送った。草薙も何かを感じたらしく田所に頷き返した。

「前回お聞きしたお話を、どうもこちらの田所の方には正確に伝えていなかったようで申し訳ありません。ともかく、あなたは事件の夜は八時半過ぎに一度メールがあったことははっきり覚えていて、その後すぐにお帰りになったということですね？」

「ええ」

以前と同じように今にも爆発しそうな様子で、飯島は不機嫌そうに頷いた。

「ところで、飯島さん。あなたは国枝社長がもう一つ別の携帯を持っていたことはご存知でしたか？」

今回の聴取では、飯島の怒りの爆発を恐れているわけにはいかなかった。むしろ爆発して混乱する飯島から真実を探り出すチャンスを窺っていた草薙は、ここで飯島の不意を突いた。

飯島は、ハッとした様子で目線を上げると無言で草薙を見た。

「もちろん、ご存知なかったですよね。実は、国枝さんはもう一つ別に携帯を持っていたんです。最近、それが見つかっていろいろ分かってきたんですが」

平静を装おうとしている飯島の目線がまた泳ぎ始めた。

「その携帯には、事件の夜も何度か送受信のあった記録が残っているんです。従って、事件の夜も国枝さんは間違いなくその別の携帯を使っていたはずですが、あなたは気付きませんでしたか？」

飯島は明らかに狼狽していた。

「もちろん、気付いてはいなかった。国枝さん、その携帯は着信音を切って寝室に置いていたようですから。国枝さんが時々書斎や寝室に行っていたとあなたはおっしゃった。恐らくその時に、この別の携帯を使っていたんだろうと思います」

草薙は、飯島の顔を凝視しながら言った。

飯島も、さすがに今回は切れて怒り出すことはなかった。むしろ不安そうな様子で焦点の合わない目線をしきりに動かしていたが、その表情には、先ほどとは違う得体の知れない動物のような不気味さが感じられた。

「あなたは先ほど、国枝さんが八時半過ぎにメールのやり取りをしていたのを見て、その後に帰ったと言われましたが、あなたが国枝さんの部屋を出られた時間は分かりますか？」

飯島は、草薙の質問に警戒し始めたのか、考え込むようにまた押し黙ってしまった。

「正確でなくてもいいですが」

「よく覚えていません」

「その日も、そのままエレベーターを使って帰られたんですよね」

「はい」

「そうすると、最初に言われたように玄関まで二～三分、かかっても五分ということであれば、八時四十八分にマンション入り口の防犯カメラに映っていますので、あなたは八時四十四、五分にはまだ国枝さんの部屋にいたか、ちょうど部屋を出る頃だった」

「……」

「これは、防犯カメラの記録もあるので間違いないと思いますが」

「……はい」

「そうすると、ちょっと妙なことになるんです。実は、先ほどお話をした別の携帯の履歴によると、国枝さんとあなたが部屋に着いた直後の六時十二分にある人からメールが入っており、すぐに国枝さんは返事をしている。その後、同じ人物から八時二十二分と八時四十五分の二回メールが送られているんです。国枝さんの携帯にそれらは確かに受信されていますが、国枝さんからは一切返信されていないし、既読にもなっていなかった。これについてどう思いますか？」

手の内を明かす情報を伝えることに不安はあったが、草薙は勝負をかけた。

「どうと言われても。もし、その話が本当なら、社長が受信に気が付かなかったんじゃないですか。八時二十二分、と言われました？　八時二十二分なら、その後の八時半過ぎに社長は自分の携帯でメールをしていたんですから、その八時二十二分の別の携帯のメールは見なかったということでしょ」

「そうですね。私たちも最初はそう思ったんです。国枝さんは、この時はもう一つの携帯はチェックしなかったのではないかと。特に八時二十二分のメールについては、たまたまあなたがそばにいたため別の携帯のメールチェックをするタイミングがなかったんじゃないかと。しかし、八時四十五分のメールは、あなたがまだ部屋にいるにしても、その後すぐにあなたは国枝さん宅を出ていますから、その直後に国枝さんはその前のメールも含めてメールチェック出来たはずですよね。しかし、それがされていない。すると、あなたが部屋を出る前後には、もう国枝さんは別の携帯のメールチェックが出来ない状態だったのではないか。つまり、既に殺害されていたという可能性が考えられる」

飯島めいの彷徨っていた目の動きが止まった。焦点を合わせるように、また目を細め始めた。

「私を疑っているわけ？　社長を殺したのは私にしたいわけ？　そんなこと出来るはずないでしょう。八時半過ぎに社長はメールしてたんだから、それを旅行会社に確かめればいいでしょう。少なくともその時に社長は生きてたんだから。八時半過ぎのメールの後に殺して、二十分も経たない九時前にマンションの玄関にいるなんて有り得ないでしょ。え、そんなこと可能なの？」

飯島の細めた目が異様な光を帯びているように見えた。それを見て小さく身震いをした田所は、しかし、落ち着いたふうを装いもう一度草薙に替わって切り出した。

「ちょっといいですか。あなたは、八時半過ぎの国枝さん宛のメールが旅行会社からのメールで、しかも旅行日程の確認だったということをどうして知っているんですか？　さっきの話だと、メールの内容をいちいち教えてもらうほど国枝さんと親密ではなかった。確かそうはっきりおっしゃって憤慨しておられましたが。そうすると、こんな旅行会社からの連絡程度のメールを国枝さんがいちいちあなたに話されることはないんじゃないかと思うんですが。このメールを見て返事をしたのは、実際はあなただったんじゃないですか？　だから、この時のメールが旅行会社からのものだと知っているんじゃないですか？　そうですよね。あなたが、旅行会社に返信をした。そうとしか考えられないですが」

据わっていた飯島の目が再び宙を彷徨い始めた。

それを見た草薙が一気に攻めた。

「そうですよね。そうすると話の辻褄が合うんです。それまでの携帯の履歴を見ると、どんなメールに対しても国枝さんはすぐに返事をされていて、あまり時間を空けることはなかった。それが、この日に限って時間がかかるどころか返信もされていない。履歴を見ると既読にもなっていなかったんです。そのことがどうしても腑に落ちないんです。八時二十二分のメールが送られた時点で既にメールチェックの出来る状態ではなかったと考えると辻褄が合う。もしそうだとすると、八時半過ぎの旅行会社からのメールに対する返信は誰か別の人がした。偽装された可能性が高い。その時に偽装出来るのは、部屋にいた飯島さん、あなたしかいない」

飯島がまた宙の一点に視線を据えた。

「どうですか？」

草薙の問いに、据わっていた視線がまた彷徨い始めた。

「旅行会社からの連絡だったことは社長に聞きました。私は秘書の仕事もしていましたから。来月の出張予定のことだったので、その時は社長が話してくれました。社長が話してくれたから旅行会社からのメールだったことを知っている。そこにいたのは、今はこの私しかいない。その私が社長から聞いたと言ってるんだから間違いないでしょう。私が偽装したなんて誰が証明するんですか？」

「たとえその時に限って国枝さんがメール内容をあなたに話されたとしても、また振り出しに戻って辻褄が合わなくなってしまうんですが。別の携帯の八時二十二分と八時四十五分のメール、いずれも国枝さんがチェックされた様子がないのはどうしてでしょう？　百歩譲って八時二十二分のメールはあなたが近くにいたためにチェック出来なかったとしても、あなたが帰る頃の八時四十五分のメールは、その直前、あるいは直後にあなたが帰ったので、すぐにチェック出来たはずですが」

草薙は、先ほどと同じ内容を繰り返した。

「そんなこと知りません。私が帰った後、すぐに殺されたんじゃないですか。私が帰った後のことなんか知っているわけないでしょ」

飯島は不敵な笑みさえ浮かべ始めた。

草薙の加勢をするように、ここでまた田所が割り込んだ。

「それはちょっと無理がありますね。あなたが帰ってから次の人が国枝さん宅を訪れたのは相当時間が経ってからということが、マンションの防犯カメラからも既に明らかになっています。その間に、国枝さんがメールチェックをしなかったとは考えにくい。あなたの説明にはやはり無理がある。それに、国枝社長がメールの内容をその時に限って話してくれたというのも、さっき私がわざわざ質問をして確かめた時の印象からやはりなかったんじゃないかと思いますよ。その時間に偶然送られてきたメールを使って、偽装を思い付いたんでしょう。違いますか？」

飯島の顔が妙に歪んだ。

「ははは っ、社長はすごく慎重、というか神経質で、携帯の暗証番号を人に漏らすなんて絶対しないし、もちろん私も社長の携帯の開け方なんて知らない」

「国枝さんの携帯は指紋認証でした。近くにいることの多かったあなたがそれを知らなかったはずはないですよね。既に亡くなっている国枝さんの指紋を使って携帯の解除は出来たんじゃないですか?」

草薙が攻めた。

「私が帰る時には生きてたんだから、そんなことするわけないでしょ」

「なるほど、そうですか。しかし、たとえおっしゃる通りにこのメールをした八時半過ぎに国枝さんが生きていたとしても、その直後に部屋にいたあなたが国枝さんを殺害することも絶対不可能というわけではない」

「……だから、さっき言ったようにそんなこと有り得ないでしょう。八時半過ぎまで生きていた社長を殺して、それから腸を引っ張りだしたり首を切り開いたりして、九時前に防犯カメラの前にいるなんて出来るんですか?」

その飯島の言葉をしばらく咀嚼(そしゃく)していた草薙が、ハッと顔を上げて田所に視線を送り、さらに振り返って堺にも頷きかけた。

「八時半過ぎのメールは、やはりあなたが偽装されたものですね。そもそもあなたの説明には無理があるように思いますが、あなたは今、大変重大なミスを犯してしまった」

飯島はぎょっとした表情をした。

「飯島さん、あなたは国枝さんの遺体から腸が引き出されていたことはどうしてご存知なんですか？」

「それは、テレビや週刊誌でそんなふうに」

「なるほど。確かに報道で腹部が切り開かれていたという情報が流され、猟奇事件として騒がれましたからね。首が切り開かれていたということはどうしてご存知ですか？」

「もちろん、それもテレビや週刊誌で」

飯島は怪訝な顔をした。

「それは違いますね。警察からは、遺体に損壊があり腹部に切開された傷などが認められたと発表されただけで、そもそも腸が引き出されていたことも発表されていない。ところが、過熱する報道で、腸が引き出されていたと各社が推測で報道していましたよね。それで腸が引き出されていたことはご存知かもしれない。しかし、首が切り開かれていたことは、これまで警察は一切発表していないし、マスコミもそこまでは報道もしていない。そもそもマスコミはその事実を知りませんから。首が切り開かれたことを知っているのは、我々捜査員と実際にそれをやった犯人しかいない。あなたは先ほど、首を切り開いたりする時間などなかったとはっきりとおっしゃった。あなたは国枝さんの首が切り開かれていたことを間違いなく知っていた。それは、あなた自身が国枝さんの首を切り開いたからにほかならない。そうですよね。あなたが、国枝さんを殺害し、遺体に損壊を加えた。間違いないですね、飯島さん」

草薙の追及が始まると再び忙しく動き回っていた視線がこの瞬間にぴたりと止まり、歪んだ顔に笑みが浮かんだ。しかし、その細めた目は実際に笑っているようには見えなかった。

「そうよ。私があのデブを殺して解剖したの。夢を叶えたのよ。面白かったわ」

田所刑事がはじかれたように立ち上がり、逮捕状請求のために急いで取調室を出た。

20

世界的服飾デザイナー、国枝和子殺害犯の逮捕は、再びマスコミで大きく取り上げられ世間を騒然とさせた。しかし、事件発生当時に比べると、報道各社は何か奥歯にものが挟まったような報道姿勢に終始していた。逮捕された犯人が、この間までは未成年と呼んでいた二十歳前の若い女性であることもその理由の一つであったが、それよりも犯行が心神喪失ないし心神耗弱のもとに行なわれた可能性、すなわちこの事件には犯人の異常な精神状態が関与している可能性が疑われていたからであった。

殺害後に腹部を切り裂き内臓を引き出すなど遺体に執拗な攻撃が加えられていたことから、動機は強い怨恨によるものとして捜査が進められ、多くのマスコミもそう伝えてきた。しかし、蓋を開けてみると、どうも単純な怨恨による事件ではないとマスコミも考え始めた。すなわち、このあまりに残虐で猟奇的な犯行が、二十歳前のまだ少女と言ってもいいほどのか弱い女性によって行なわれたという事実そのものが、常軌を逸した精神のもとに行なわれた犯行であることを物語っていたからである。

任意の事情聴取の際には、事件と無関係であると主張していた飯島めいも、逮捕後は犯行を認めて素直に取り調べに応じ、犯行の経緯を次のように淡々と供述した。

一月六日はカズコブランド社の仕事始めであった。その前日、国枝和子から、明日六日の仕事が終わった後に自宅で一緒に食事をしたいという連絡があった。十二月下旬から三が日までの間、バリ島で長期の休暇を取っていた国枝から久しぶりの誘いであった。

もともと人付き合いは苦手というか好きではないが、自分に目をかけてくれる国枝社長から自宅に誘われるようになった当初は、服飾デザインについていろいろ教えてもらえることが嬉しくて感激していた。しかし、たいてい最後は自慢話になってしまうため、最近は国枝の話もいささか鼻についてきていた。そして何よりも、毎回メイドがわりに食事の準備から後片付けまでさせられることに辟易し始めていた。それでも、その日は国枝の部屋に行くことにした。最近漠然と抱いている自分の欲望を果たすことが出来るかもしれないという期待感からそう決めた。

仕事始めの日でもあり、早めに仕事を切り上げて五時前に二人で会社を出ると、表参道駅から地下鉄と私鉄を乗り継いで西城公園駅に着いた。駅前のデリカテッセンに寄ってからマンションに向かったが、そのマンション到着時刻が防犯カメラに映っていた五時四十二分だった。部屋に到着後、国枝は着替えのために寝室に行ってしばらく居間にはいなかったような気はするが、シャワールームに行っていたのかもしれない。この辺りの記憶は定かではない。自分は、すぐにキッチンでパスタ作りを始めたが、料理の途中でダイニングに行った際、何も今日来なくてもと国枝がぶつぶつ言っていたことは覚えている。

国枝が講釈を加えながら注いだワインで乾杯をし、食事を始めたのが六時四十五分頃だったと思う。日頃は意識をして振る舞いに気を付けているのか優雅に見える国枝も、アルコールが入ると様子が違ってくる。フォークに絡めた大量のパスタを放り込むように口に入れてくちゃくちゃと音を立てて噛み、ワインでグイと流し込む。

最初の頃は、自分が作ったパスタをいかにもおいしそうに食べてくれる国枝のその食べっぷりを好ましく思ったが、そのうち国枝のそうした粗野な振る舞いがいやでいやで堪らなくなった。特にくちゃくちゃと立てる音を聞くと、首筋から脳天に電気が走る。なんとか音を出さないようにしてやりたいと思う。あの大きな口の奥はどうなっているのか、流し込まれたパスタやワインはどうなっているのか見てみたいという奇妙な抑えがたい欲望が湧いてくる。子供の頃、虫を飲み込んだカエルの大きな口の奥を見たくて、そして飲み込まれた虫がどこに行ったか確かめたくて、カエルの喉や腹を切り裂いた時のあの満足感が蘇ってきて我慢出来なくなっていた。

食事が進みワインの酔いが回ってくると、国枝の振る舞いはますます粗野になって日頃の優雅さのかけらもなくなり、ついにゲフッと大きな音を立ててゲップをした。その瞬間、首筋から脳天にこれまでにないほどの強烈な電気が走った。

居間のコンソールに飾ってあったバカラの花瓶を持ち上げた記憶がある。国枝和子を殴打したのは食事を始めてから三十分も経っていなかった。その後一時間近く遺体を切り開いていたことになるが、その間のことは夢の中の出来事のようでよく覚えていない。ただ、首の切り口を広げ、ごつごつした気管を横に押しやりその奥を切り開いてみたがパスタらしきものが見つからなくてがっかりしたことと、引っ張り出してしごいてみた腸が温かく、想像以上に柔らかかったことだけははっきりと覚えている。満足感というか、体の奥がうずくような何とも言えない性的な快感があった。

急に強烈な生ぐさい臭いを感じて気分が悪くなり、我に返った。気が付くと、着衣に血が付くのを避けようとしたためなのか、あるいは性的に興奮したためなのか、いつの間にか素っ裸になっていて体中血まみれだった。実際は暑かったためかもしれない。エアコンを切ったぼんやりとした記憶がある。体中の血をシャワーで洗い流そうとバスルームに駆け込んだが、慌てて水のシャワーを浴びてしまい、その冷たさに震え上がった。その瞬間、完全に意識がはっきりした。

その後の行動は自分でも驚くほど冷静であった。まず、国枝は自分が帰った後に殺害されたことにする必要があった。部屋の隅に脱ぎ捨ててあった下着とニットのワンピースを急いで身につけると、遺体の周りの血を踏まないようにして食事の後片付けをした。事情聴取の際に、食事を終えた時間が八時頃と嘘の証言をしたのも、時間的に自分が犯人であることが無理な状況にしたかったからだ。

実際には、国枝の頭部を殴打し、ナイフで殺害してそれから体を切り開いたと思われるが、はっきりと自分に戻ったのが八時頃であった。急いでマンションを出たいという焦りの気持ちがある割には、妙に落ち着いていた。殺害して体を切り開く際に使ったと思われる刃先の鋭い土佐黒打ちのペティナイフが、遺体の横に転がっていた。それを拾い上げると必要以上に丁寧に洗ってキッチンの元の場所に戻しておいた。半分以上残っていたパスタやデリカテッセンのおつまみ類はディスポーザーで始末をし、皿やグラスをきれいに洗って、いかにも食事を終えてきちんと後片付けをしたふうを装った。

こうしている最中に、リビングテーブルに置いてあった国枝の携帯にメールが入り着信音が鳴った。この時だけは、誰かに見られたような強い不安感に襲われた。このまますぐにでも逃げ出したいと思ったが、気持ちを奮い立たせて携帯画面を見ると、発信元は国枝の出張旅行の一切を任せてきた楽々ツアーからのものだった。楽々ツアーのことはよく知っている。担当者も知っている。とっさに、このまま返事をしないのはまずいと思った。その時は、意図して偽装しようと思ったわけではなかった。国枝の携帯が指紋認証であることはもちろん知っていた。遺体の指を、恐る恐る携帯に押し当てた。機種は自分のものと同じであり、勝手知った操作でメールを開くと、用件は今度の出張予定の確認だった。すぐに国枝を装ってお礼と確認済みの返信をした。これが、国枝の携帯履歴にあった八時三十分過ぎの旅行会社とのメールのやり取りだ。はじめは偽装のつもりはなかったが、そのうちに、このメールのやり取りを国枝がこの時間まで生きていた証拠にすることを思い付いた。確かに、これによって捜査本部は飯島を早くに捜査線上から外すことになったのである。

後にその携帯が持ち出されてしまったことを考えると無駄な作業であったが、携帯をきれいに拭いて自分の指紋を消し、遺体に握らせて国枝和子の指紋をつけ直すことまでして、遺体の横のソファーテーブルに置いた。鍵を持っていなかったので鍵はかけずに急いで部屋を出たが、解錠したままにすることも侵入者の犯行であると見せかけることに役立つと思った。こうした一連の偽装工作を終えて国枝のマンションを出たのが、防犯カメラに映っている一月六日の午後八時四十八分のことであった。

21

国枝和子の殺害を自白して警視庁西城警察署に勾留された飯島めいは、供述調書作成の後、東京地方検察庁に送致された。担当する検察官は、三年前に大崎で起きた無差別殺傷事件を担当して名を馳せた朝比奈光一検事であった。大崎無差別殺傷事件は、犯人の精神障害の有無が問われた難しい事件であったが、朝比奈は犯人の精神障害を詐病(さびょう)と結論して起訴に持ち込み、無期懲役の有罪判決を得ていた。押しが強く捜査手法に強引なところがあるため周りと衝突することも多いが、数々の難事件を起訴に持ち込み有罪にしてきた実績から、自他ともに認める東京地検中堅のホープであった。

国枝和子殺害事件も、その猟奇性と未成年と言ってもいい若い女性の犯行であることから、精神障害の関与が取り沙汰されていた。この猟奇殺害事件に朝比奈検事を当てたことは、心神喪失ないし心神耗弱による不起訴を嫌う検察が、飯島を起訴、有罪に持ち込みたいという強い意志を示したものとマスコミは評していた。

飯島は、西城警察署に勾留されたままで連日検察庁まで移送され、朝比奈検事の取り調べを受けていた。飯島に対する朝比奈の最初の印象は、普通の若い女性どころか、いかにも弱々しい女の子というものであった。それだけに、本人の様子と調書に書かれたおぞましい猟奇殺人を実行した犯人像とのギャップが大きく、さすがの朝比奈も戸惑っていた。大崎無差別殺傷事件でも、残忍な殺人を重ねた犯人がひ弱そうな青年であったため、最初は同じような違和感を覚えた。しかし飯島の聴取を重ねる度に、朝比奈はあの時とは違う印象を受けるようになっていた。

大崎無差別殺人の犯人は聴取の度に怒鳴り散らしわめき散らしていたが、その様子はいかにも異常さを装っているという印象を与えるものでしかなかった。しかし、もの静かに淡々と取り調べに応じる飯島が時折見せる薄ら笑いと、コントロールを失ったような眼の動きに、朝比奈は言いようのない異常さ、不気味さを感じていた。

勾留期間も限られている。事件の性格上、飯島の弁護士が要求する精神鑑定は必須と思われたが、朝比奈は、数日程度の簡易鑑定で済ませられるか、時間をかけた起訴前本鑑定のための本格的な鑑定留置が必要なのかの判断を迫られていた。そのため、朝比奈は、特別捜査本部から既に要請が出ていた、飯島の主治医である関東医科大学池尻医療センターの長瀬誠医師の参考人聴取を早急に行なって主治医の意見を求めるよう、捜査本部を指揮してきた植村に指示をした。

飯島の検察庁送致後、大半の捜査員が本庁に帰還してしまった西城警察署の特別捜査本部では、残った西城署吸い上げの刑事たちを中心に残務整理が続けられていた。

飯島めいを担当した捜査班の責任者だった草薙は、植村から、朝比奈検事の指示を伝えられるとすぐに田所刑事のことを思い浮かべた。捜査の終盤、飯島を追い続けて飯島に関する多くの情報を持っている田所刑事に、引き続き飯島に関する追加捜査を任せることにした。

22

その日、田所刑事は、原よしみ刑事を伴って関東医科大学池尻医療センターの医局棟を訪れた。東京検察庁朝比奈検事の指示で、国枝和子の殺害犯、飯島めいの主治医の意見を求めるため、田所と原は主治医である長瀬誠医師に面会の約束を取り付けていた。

草薙班長から念のための身辺調査を命じられて飯島の過去を追い続けていた田所は、その飯島が逮捕されて検察庁送致になり捜査員の多くが本庁に帰ってしまった後、本件の残務整理を担っていた。そのため、引き続いて飯島の捜査を命じられたのだ。一方、原よしみは、女性刑事なら同じ若い女性である飯島の心理を理解出来るだろうという西城署の刑事課長、小田切征二の単純な思い付きで、捜査本部では第三の人物の捜査を担当していたが、この時から田所の相方に廻るよう命じられた。

関東医科大学池尻医療センターの医局棟は本館の裏手にあった。本館は、建物の中央部分が外来棟で、その両翼に伸びる部分が入院病棟になっている。中央の外来棟を通り抜けて本館の裏手に出ると、広い敷地のおよそ半分は手入れの行き届いた庭園になっている。その庭園には、花の盛りを過ぎた沈丁花(じんちょうげ)のかすかな残り香が漂っていた。

その庭園横の敷地に、事務棟と医局棟が並んで建てられている。受付で面会の趣旨を告げると、守衛がメンタルケア科医局への順路を丁寧に説明してくれた。田所と原が受付の説明に従って三階のメンタルケア科の医局に着くと、受付から連絡が行っていたのか、待ち構えていた医局秘書が直ちに長瀬誠准教授室に案内をしてくれた。

「どうも、わざわざお越しをいただきまして。長瀬です」

秘書に促されて二人が入室すると、窓際の机に向かっていた長瀬医師が立ち上がり丁寧に頭を下げてきた。年齢は四十歳半ばと思われる。眼鏡越しの目元がいかにも優しそうで穏やかな表情をしている。短めに整えられた頭髪に、糊の利いた白衣を纏った姿は清潔感に溢れていた。田所や原が考えていた精神科医のイメージにぴったりの風貌であった。

「警視庁西城警察署の田所です。本日は、お時間をいただきありがとうございます」

「同じく西城警察署の原です。よろしくお願いします」

二人は、警察手帳を提示しながら頭を下げた。

「女性の刑事さんとは意外でした。お若そうですし。……どうぞ、そちらにお掛け下さい」

准教授室は思ったよりも狭かった。しかし、びっしりと専門書の並んだ本棚が両壁を埋め尽くした残りのスペースに、それでも応接セットを備えるだけの広さはあった。

「西城警察署にはこの原一人ですが、女性刑事も多くなりました。なかなか優秀なのが多いですよ。この原も若いですがなかなか優秀でして」

はにかむようにしている原の代わりに、腰をおろしながら田所はそう答えると、続けていきなり本題に入った。

「さて、早速ですが長瀬先生。ご連絡しましたように、飯島めいについて話をお聞かせ願えますか」

穏やかな笑顔で対応していた長瀬は、飯島の名を聞くと表情を改め、真剣な面持ちになった。

「元来、患者さんのことに関しましては守秘義務がございまして、とりわけ我々精神科の領域ではそのことは厳格に守らなければなりません。ただ、この件では聴取の令状が出ておりますし、既にカルテ開示もしていますので、可能な限りお話し致します」

「ありがとうございます。それでは、まず、どういう経緯で飯島めいの治療を担当されるようになったんでしょうか？」

「三年前になりますが、飯島さん本人が紹介状を持って来院されました」

「紹介状？」

「カルテ開示の際に紹介元の先生の許可も取ってありますのでお話ししますが、飯島さんのかかりつけ医であった名古屋の心療内科の先生から、飯島さんが東京に転地をすることになったので今後の治療を依頼したいという紹介状が、それまでの経過報告とともに私宛にございました」

「長瀬先生宛に？　お知り合いの先生ですか？」

「いいえ。恐らく、私がパーソナリティー障害を専門にしているからだと思います」

「パーソナリティー障害？」

「今、詳しいことは申し上げませんが、多くの類型を持つ精神障害の一つで、飯島さんの診断がそのように疑われていたため、その分野で多少名前が知られている私に紹介があったものと思います」

「そうしますと、三年前に飯島めいが先生宛の紹介状を持って初めてこの病院を受診し、それ以来先生が、その、えーと、パーソナリティー障害という病気の治療を続けてこられた」

「はい。概略と言いますか、表向きはそういうことですが……」

微妙な言い方だ。

「表向きはと言いますと、実際には違うということですか?」

その微妙な言い回しを聞き逃さなかった原が質問した。

「私どもの科の病気は、必ずしも単純ではありません。飯島さんの場合、パーソナリティー障害の診断基準とされる九つの項目の中の必要な項目数が揃っていたわけではありません。確かに、ベースにはそれに類した病態はございましたが、同時にいくつかの障害を合併していることが多いんです」

「すると、飯島めいは、いくつも問題を抱えていたということですか?」

原が突っ込んだ。

「その通りですが、治療の時間的経過も入れますと大変複雑で専門的な話になりますため、ここで簡単に説明申し上げることはなかなか難しい。その辺のことは、開示をしたカルテに記載してありますので……」

長瀬は言葉を濁した。

「しかし、今回の殺人が飯島めいの精神障害によるものであるとしたら、その場合は先生が先ほどベースとなっていると言われたパーソナリティー障害によるものと考えてよろしいんでしょうか？」

原が、単刀直入に切り込んだ。

「そんなふうに短絡的に考えることは出来ません。この疾患そのものも比較的新しい概念でして、その内容もまだ変遷しつつあるんです。先ほど申し上げましたように、多くの類型があって現段階では十もの類型に分けられていますが、人口の10から15％の方に何らかのパーソナリティー障害が認められるという報告もあるくらいです。障害と言っても、大半は治療の対象になるようなものではなく、まして犯罪に結びつくようなものではありません」

「それでは、飯島めいの犯行は、精神障害とは必ずしも関係がない。飯島の責任能力に問題はないと考えて差し支えないんですか？」

「いやいや、またそう単純に考えることも出来ません。この障害の中には、衝動的行動を特徴とするものも一部にはあります。歴史的に見ますと、古くは怒りの発作あるいは妄想なき狂気などと記述された暴力や殺人に至る精神障害に該当するものも含まれていると考えられています。それに、この障害がベースであったとしても、合併する精神障害によって犯罪に結びつくことはあり得るからです」

「すると、飯島めいには、やはりそうした衝動的な殺人を犯す恐れがあったんですね？」

「飯島さんは、ほかに片頭痛をお持ちでしたので別途処方はしておりましたが、正直申し上げますと、精神障害についての病名は確定していたわけではありません。現行の保険診療上、検査や処方には病名記載が必要であるため、カルテ上は、診断基準項目のいくつかが該当することの病名を記載していたのです」

「では、先生は、飯島めいが、実際は、えーと、そのパーソナリティー障害だと考えておられなかった。もしそうなら、先生が考えられていた本当の診断名、病名は何だったんですか？」

原は遠慮がなかった。

「ちょっと、簡単には申し上げられませんが、私が専門とする障害の類型とは多少違うような気は……」

長瀬は、一瞬言いよどんだ。しかし、ひと呼吸おくと続けて言った。

「ただ、衝動的な行動もこの障害の中には特徴の一つとするものもありますので、飯島さんのそうした障害が今回の事件に関与していることは否定出来ません。しかし、こうした障害を持った方は犯罪を犯す可能性が高いかと言えば決してそんなことはありません。むしろ極めて稀なことですから、必ずしもパーソナリティー障害と犯罪を短絡して考えることは出来ないのです」

「しかし、飯島めいは、明らかに異常と思える犯罪を犯してしまった。この犯罪に飯島の精神障害が関与したかどうかについて、実際、先生はどのようにお考えですか?」

原は、どこまでも長瀬に迫った。

「適切な治療がなされていれば今回の犯罪は防げたのではないかという報道は存じていますし、名指しではないにせよ、治療医として暗に非難されていることも承知しています。しかし、飯島さんの治療はうまく進んでいたと考えています。ですから、実際にこのようなことが起こってしまったことはまことに残念です」

三年に及ぶ治療を続けてきた長瀬医師にとって、この重大犯罪が飯島の精神障害によるものであると認めることは、治療医として苦悩に満ちたものであろう。しかし、これだけの猟奇的な殺人事件が、とりわけ華奢にみえる二十歳に満たない女性の正常な精神のもとに行なわれた犯行であると主張することも憚(はばか)られるのだろう。

「どうでしょう? 本件は別にして、精神障害が原因で殺人を犯す可能性について、一般的にどのように考えられていますでしょうか? 本件と離れて、先生の専門家としてのご意見をお聞かせ願えれば」

長瀬の苦悩の表情を見て、田所が助け舟を出した。

「精神障害による妄想に基づいて重大な犯罪が行なわれることは広く認められています。例えば麻薬などの薬物による妄想や錯乱の結果の殺人などは分かり易い例ですが、精神疾患の中にも同様の結果をもたらすものはあります。例えば、パーソナリティー障害の一部にも、強いストレス下で妄想反応を起こすもの、衝動的な行動、激しい怒りなどを表現するものもありますから、ましてほかの精神障害と合併した場合に重大な犯罪に結びつくことはあり得ます」

「すると、飯島めいの場合も精神障害で殺人を犯したと言えるんじゃないですか？」

原がまた口を挟んできた。田所が、その原の腕をそっと抑えるようにして発言をさえぎった。

「精神障害の中には犯罪と結びつく危険性を持つものもあることを先生方は承知の上で治療を続けておられる。そういうことですよね。ある意味大きなリスクを抱えて治療を続けられるわけですから大変なお仕事ですね」

田所は、心底から精神科医の苦労を理解出来た気がした。

「いやいや、犯罪に結びつく精神障害なんて極めて稀なことですから、いつもそんなふうに思って治療しているわけでは決してありません。ただ、犯罪に結びつくような障害が疑われた時には、もちろん最大限慎重に治療を行なうことにはなりますが」

「そうすると、飯島めいの場合、先生としてはそうしたリスクはあるとお考えにはなっていた？」

原がまた遠慮のない質問をした。

「先ほどお話ししましたように、衝動的行動を特徴の一つとする境界性パーソナリティー障害に類する症状があると考えてはおりましたので、病名を付ける必要上からもそのようにはしていました。前医からの紹介状にも、周囲との衝突で軽いとは言え傷害事件も過去にはあったとのことでした。そのために高校を退学になったとのことでしたので、リスクは感じておりました。しかし、こちらを受診された時には、先ほど言いましたように、九つの診断基準のうち必要な項目数は満たしていない状態でした。もちろん、過去の状況も踏まえ慎重に治療を続けましたが、一般的に言ってそうしたリスクに対して治療するわけではなく、正常な社会生活が続けられるように我々は治療を行なっています。そうした観点からすると、飯島さんの場合、正常な社会生活が続けられる状態に回復出来ていたと思っています」

「しかし、犯罪が起きてしまった」

原がつぶやくように言った。

「犯行一週間前に受診された時もそれ以前と何ら変わった様子はなく、犯行後にも実は何度か受診されていましたが、その際も治療効果が持続した状態と判断しておりました。従って、実際に犯行が行なわれた前後にどのような精神的負荷が加わり、どのような精神的変化が引き起こされたのかを判定することは是非必要だと思います。あれだけの犯行が実行されたわけですから、少なくとも犯行が行なわれたその時点では、飯島さんの精神上の問題が何らかの関与をしたと考えざるを得ません。しかし、外来での面接では、私もなかなかそこまでは……」

「私たちは、先生の治療がどうだったとか、先生の責任がどうこうというようなことは全く考えておりません。むしろ、先ほど申しましたように、先生方のお仕事はとんでもなく大変だなという感想を持ちました。今はただ、本件の立件、起訴にあたって、飯島めいの精神障害がどの程度関与していたかを是非知りたいのです。そうしますと、少なくとも犯行当時、飯島は心神喪失ないし心神耗弱の状態であったと考えてよろしいでしょうか?」

「少なくとも犯行が行なわれた時点ではその通りだと考えます。関係者であるため私自身が精神鑑定を行なうことはないと思いますが、飯島さんには是非、精細な精神鑑定を行なっていただき、犯行の前後にどのような精神的負荷が加わり、どのような精神的変化が起きたかを明らかにしていただきたいと考えています」

「分かりました。それでは、責任能力の有無については、是非精細な精神鑑定が必要であるという先生の専門的なお立場からのご意見を検察には報告させていただきます。貴重なご意見をありがとうございました。本日はお忙しい中、ご協力いただき感謝申し上げます」

田所は礼を述べ丁寧に頭を下げると、まだ質問したそうにしている原を追い立てるようにして准教授室のドアに向かった。

飯島めいの主治医、長瀬誠医師に面談をした田所刑事の報告を踏まえ、東京地検の朝比奈検事は、国枝和子殺害犯、飯島めいに起訴前本鑑定が必要と判断した。取り調べ中、時折薄ら笑いを浮かべたり、突然目を彷徨わせて憤怒の表情を見せたりすることはあるが、ほとんどの時間、聞くだけでも身の毛がよだつような猟奇事件の犯行手口を淡々と、時には楽しそうに供述する飯島に、朝比奈は異常さを通り越して不気味ささえ感じ、刑事責任能力に疑念を抱くようになっていた。

朝比奈の判断に基づいて検察が請求した留置鑑定が裁判所に認められ、飯島めいは、警察の戒護（かいご）のもとで国立精神・心理研究所附属病院に鑑定入院となった。入院した飯島に対し、同病院精神科部長の坂田一彦博士による精神鑑定がこうして始められることになった。

23

飯島めいの検察庁送致が終わり精神鑑定も始まると、特別捜査本部が置かれて一時は世間の注目を集めていた西城警察署も、管内で次々に発生する新たな犯罪の対応に忙殺され、多くの署員の記憶から国枝和子惨殺事件も次第に消えつつあった。

田所刑事も、検察庁からの連絡で飯島が国立精神・心理研究所附属病院に鑑定入院となったことを知らされた以降は、事件に関する後追い記事が時折出る際に思い出す程度で、事件への関心は薄れていた。

そんなある日、原刑事が、いつか二人で訪ねた関東医科大学の長瀬誠准教授が日本医学会総会で特別講演を行なったという学術記事を新聞で見つけ、持ってきてくれた。田所は記事を見て何となく安堵した。飯島の主治医であった長瀬に面会をした際、自身の患者が重大犯罪を犯したことに対して治療医としての苦悩を滲ませていた姿に誠実な人柄を感じ、気の毒な想いをしていただけに、長瀬が立ち直って活躍している様子にほっとした。

講演は長瀬医師が専門とするパーソナリティー障害に関するもので、面会時にも力説していたように、この障害には特別な疾患と捉えるべきではないものも多く、精神障害として扱うには慎重な配慮が必要であるというような内容であった。記事の終わりに載っている長瀬准教授のプロフィールを何気なく見ていた田所は何か引っかかるものを感じたが、その時はそれが何か分からないままで終わった。

その心に引っかかったことが、翌朝目覚めた布団の中で突然はっきりした。出身地だ。長瀬医師は島根県出身とあったが、飯島に殺害された国枝和子も確か島根県出身であった。今回の事件の捜査資料に、国枝和子は島根の生んだ世界的ファッションデザイナーとの記載があり、そのことが田所の頭の隅に残っていたのだ。

二人の出身が同じ県ということは単なる偶然で別に問題でもないだろうとは思いつつも、小さなことも白黒をつけないと気が済まない叩き上げ刑事の性分で、そのことが気になり始めるとどうにもならなくなった。その日出署すると、田所は急いで資料室に向かった。国枝和子、長瀬誠、いずれもそれぞれの分野で名を成した人物であり、紳士録を調べてみようと考えたのだ。

紳士録を見て二人の詳細な経歴を知ることが出来た。しかし、同じ島根県の出身であること以外二人に共通点はなく、お互いの間の接点も見い出せなかった。国枝和子は島根県太田市の出身であるが、中学は松江市のミッションスクールに在学し、その後大阪に移り服飾専門学校に進んでいた。就職先の「難波デザイン」で頭角を現し、東京に進出して自らのブランド会社を設立して成功を収めたとあった。一方、長瀬誠は島根県松江市の生まれで、学区の市立中学から県立八雲台高校を経て隣県の国立大学医学部に進学していた。大学を卒業すると上京して関東医科大学で研修医生活を送り、そのまま関東医科大学の精神科に入局し、その後は一貫して同大学で教職の道を歩んできている。

同じ時期に二人は松江市に在住してはいるが、国枝和子は長瀬誠の五歳年上であり、当時の中学生と小学生の二人に意味のある接点があったとは考えられなかった。あとは東京で何らかの関係があった可能性はあるが、そうなると同じ島根県出身であることは特別意味のあることだとも思われなかった。


「田所さん、お茶をどうぞ。長瀬先生の記事、読まれました?」

田所が資料室から刑事部屋に戻って来ると、原刑事がいつものようにお茶を運んできてくれた。最近では、女性事務職でもなかなかお茶を入れてくれるようなことはないが、原は男勝りの一面とは裏腹に、親がそうしつけたのか奉仕の精神が旺盛で、手の空いている時は刑事部屋の同僚にも気軽にお茶を入れてくれたりした。

「ああ、読ませてもらいました。長瀬先生、お会いした時はだいぶ落ち込まれていたように見えましたが、ああして活躍されている様子、少しほっとしましたよ」

「落ち込むというより、私にはずいぶんクールに見えましたけど」

「クール?」

「自分が診ている時は病気が治っていたのに、事件が起きてしまった。事件を起こした時のことまでは知らない、みたいな」

「実際にそうなんでしょう。まあ、そこに精神科医の苦悩があるんじゃないでしょうかね。なかなかそこまで責任は負えないでしょう」

「仮に患者が犯罪を犯しそうな精神状態だと分かっている場合も、診ている精神科医に責任はないんでしょうか?」

「その場合でもなかなか責任を問うのは難しいんじゃないですかね。病気が治っているかどうかの判断自体、医者にしか出来ませんからね。……まさか、原さん、長瀬先生の判断が間違っていたと?」

「判断が間違っていたかどうか分かりませんが、まるで、事件を起こした時のことは知りませんと聞こえるような言い方が、何か責任逃れのようで。それに、あの時、先生が考えている本当の病名も結局はっきりおっしゃらなかったし、病気の説明も何か奥歯に物が挟まったような、というかなにか言いにくそうにされているような気がしましたけど」

「原さん、それは少し考え過ぎでしょう。長瀬先生、必要以上に責任を感じて苦悩しておられるように見えましたがね。それと、専門的な病名や内容で、先生も素人にはなかなか説明しにくかったでしょうし、我々も十分理解出来なかったということじゃないですか。ところで、あの記事を見ていてちょっと気になることがありましてね。実は、長瀬先生とガイシャの国枝さんは同じ島根県の出身だったんですよ。資料室に行って調べてみたんですが、一、三年、同じ時期に松江にいたことはあったものの、学校も違うし年も違うしで、結局二人に接点はないようでした。それこそ、考え過ぎだったようです」

「へえ、二人とも島根県出身ですか。島根って……珍しいですね」

「ははっ、珍しいというのは、島根県に失礼じゃないですか」

そういう田所自身も、そもそも島根県になじみがなく、山陰の小さな県というイメージしかなかっただけに、当初は長瀬と国枝の出身地が同じ山陰の片隅であることが偶然とは思えなかったのだ。しかし、結局のところ二人にこれといった接点はなく、同じ島根県出身であることは単なる偶然だったと考えざるを得なかった。

「でも、東京で知り合う機会もあったんじゃないでしょうか?」

「それは、誰にでも仕事上なんかで偶然に出会うチャンスはあるわけだから、島根出身者同士ということは特別意味のあることでもないでしょう」

「確かにそうですが。でも、同じ県出身ということで出会う可能性は高くないですか? 例えば県人会など、出会う機会があって親しくなるとか。ちょっと調べてみましょうか?」

今度は、原が長瀬誠と国枝和子との関係に興味を抱き始めた。

24

田所刑事と原刑事は、再び関東医科大学池尻医療センターに長瀬誠准教授を訪ねた。この前の訪問から三ヶ月近く経っていた。当時、沈丁花の残り香が漂っていた中庭は、青紫に染まったラベンダーの花壇から立ちのぼる甘く優しい香りに包まれていた。

「その節は大変貴重なお話をありがとうございました。すぐご報告にあがるべきところ、大変遅くなりました」

准教授室に通された田所はそう挨拶をすると、原と一緒に丁寧に頭を下げた。

「あ、どうも」

長瀬准教授はこの前と同じように窓際の机からにこやかに立ち上がってドアの方にやって来たが、挨拶を交わすと怪訝な表情で二人にソファーを勧めた。

「お聞き及びと思いますが、飯島めいは、先生のご意見もいただいて、その後鑑定留置に決まり入院となりました。報告が遅くなり申し訳ありません」

田所が改めて頭を下げた。

「はあ。そのことは検察庁の方から連絡がありました。鑑定をされている精神・心理研究所の坂田先生からも、二、三度カルテ内容について問い合わせもありましたし」

長瀬は、一層怪訝な表情をした。

「そろそろ精神鑑定の結果も出る頃かと思いますが、先生、どうでしょう？」

「どう、と言われましても。私もご高名な坂田先生の鑑定結果を待っているところです。飯島さんの犯行時の異常な精神状態を知りたいと思っていますので」

「先生は、やはり異常だったと思われているんですね？　そうすると飯島めいの刑事責任能力は無い。そうお考えなんですか？」

原刑事が口を挟んだ。

「……今日はそのことでおいでになったんでしょうか？　犯行時の飯島さんは間違いなく異常な精神状態で心神喪失に当ると思いますが、飯島さんの刑事責任に関しましては、私の意見は関係ありませんし、この際言うべきでもないと思いますので」

そう言うと、長瀬医師はこのことについては二度としゃべらないぞとでもいうように硬く唇を結んだ。

「いやいや、精神鑑定については参考までに先生のご意見をお聞きしただけでして。実は、今日参りましたのは、飯島めいについて詰めの捜査をやっているうちに、改めて先生にお聞きしたいことが出て来ましたのでお訪ねしました」

田所刑事が穏やかに切り出した。

「改めて？　いったい、何でしょう」

「実は、今回の事件で殺害の動機が今ひとつはっきりしないところがありまして。もちろん、精神の障害と言えばそれまでですが、そのことも含めて鑑定が進んでいるとは思います。ただ、怨恨の線が濃厚であれば、飯島に責任能力を問うことが出来ます。そもそも、殺人の動機は意外に単純なことが多いんです。金銭問題や愛情のもつれ、ただ嫌なことを言われただけなどということもあるんです。先生の診察中、飯島めいの口から何か動機に結びつくような言葉、例えば国枝さんに恨みを持っているような言葉はなかったでしょうか？」

もっともらしい質問を始めた田所には狙いがあった。長瀬准教授と被害者の国枝和子が同じ島根県出身であることを田所に教えられて興味を持った原が、実はこの二人に接点のある可能性を見つけ出してきていた。


原は、まず手っ取り早く島根県人会に問い合わせてみた。会員に国枝和子の名前はあったが、長瀬誠の名前は無かった。初めは個人情報云々（うんぬん）と無愛想だった県人会職員も、警察からの問い合わせと知ると、二人の名前を調べてくれた上に、この県人会とは別に、東京牡丹会という島根出身の名士の集まりがあることまで親切に教えてくれた。

「東京牡丹会？」

田所が興味深そうに訊いた。

「はい。島根は牡丹が有名だそうで、というか牡丹が県花だそうです。功なり名を遂げた人たちは、県の華ということなんでしょうね」

「そこに長瀬先生の名前があった？」

「はい。二人とも名前がありました。なかなか教えてくれませんでしたが、必要があれば令状も取ると言ったら、ようやく二人の名前だけは確認してくれました。政治家はじめ名だたる名士の集まりのようで、年に一、二回、文化講演会のような集まりがあるとのことです」

「はは、原さん、やりますね。いや、お手柄でした。それで、二人に接点はあったんですか？」

「いや、それ以上は一切お答え出来ないとの一点張りで、逆に令状を取ってくれと言われてしまいました」

「なるほど。政治家もいるんじゃガードは固そうですね。こうなったら、二人に関係があったかどうか、長瀬先生本人に確認するしかないですかね」

長瀬が国枝和子殺害事件に直接関係しているとは思えなかったが、飯島めいとそれぞれ関係のあった二人が、会員数の限られた会に属していることは、あまりにも偶然過ぎると思えてならなかった。そのため、田所は、長瀬が実は被害者の国枝和子を良く知っていて、そのことを何かの理由で隠しているのではないかと疑い始めていた。しかし、さすがに田所も国枝和子との関係を長瀬准教授に唐突に問いただすことにためらいがあった。来訪の意図を悟られないように、まずはもっともらしい質問から切り出したのだ。

「国枝さんに恨みのあるような言葉ですか？　いや。この前お二人がお見えになった時にも申しましたように、犯行のことは後になって分かったことですが、飯島さんはその犯行後もいつも通りに通院されていました。従って、事件の前後に何度か診察をしたことになりますが、特段、事件を臭わせる発言はなかった。と言いますか、私には分かりませんでした」

「そうですか。いかにも衝動的な犯行という感じですね。実際の犯行のことはともかく、飯島は仕事上のことで国枝社長とトラブルがあるなんて話はしなかったでしょうか？」

「もちろん仕事上のトラブルについての悩みを訴えることはありましたけど、国枝社長との間のトラブルは特別聞いた記憶はないですね」

長瀬医師が一瞬言い淀んだことを聞き逃さなかった原が、割り込んで質問をした。

「飯島は国枝社長に相当というか異常に可愛がられていたようですが、それでも国枝さんとのことは何も話さなかったんでしょうか？」

「はい。トラブルについては何も聞いたことはありませんが」

「いや、トラブルじゃなくてもいいんです。二人はプライベートでも親しかったようですから、お付き合いのことなんかでも」

原が、重ねて訊いた。

「殺人の動機が知りたいということでしたよね。動機という意味ではトラブルがあったとか非難を口にするとか、そんなことだろうと思いますが、そういうことはなかったと申し上げました」

長瀬はむっとした様子で答えたが、間違いなく動揺していた。

「いやいや、直接的な動機ではなくても。実は、国枝さんと飯島の関係をもう一度洗い直すことで何か動機につながることが見えないかと思い、今日伺った次第なんです」

原に替わって、今度は田所が穏やかにそう言うと言葉を続けた。

「ところで、飯島めいがカズコブランド社に入社したいきさつについてご存知ないでしょうか? 恥ずかしい話ですが、捜査本部としては飯島の採用についても未だにはっきり掴んでいないんです。会社の人事担当者に聞いても、国枝社長の個人的関係という程度で、詳しくは分からないそうなんです。相当なワンマン社長だったようで。その国枝社長が亡くなられていますので、その辺のことが分からないものですから」

田所は、二つの嘘をついた。一つは、捜査本部としては云々と、あたかも正式な捜査が続いているような印象を与える言い方をしたが、今はもう捜査本部は解散しており存在していなかった。今日、原と二人で長瀬准教授を訪ねたのも、西城警察署としての正式なものではなかった。殺害された国枝和子と加害者の主治医である長瀬准教授が同じ島根の出身だと分かったことを上司の堺に伝え、小田切課長に上げてもらったが、偶然の一致だろうと一笑に付された。犯行を認めた真犯人が既に検察庁送致になっている過去の事件に割く時間はないと釘も刺された。しかし、気になっている田所は、かつて飯島めいの捜査を田所に命じた警視庁の草薙に思い切って同じ話をしてみた。草薙は、恐らく偶然の一致だろうがそのことを確かめて来るくらいならいいだろうと、あくまでも非公式だと念押しをした上で、小田切課長に連絡をして長瀬准教授再訪の許可を取ってくれた。

もう一つの嘘は、飯島がカズコブランド社に採用されたいきさつについて分からないと言ったが、これについては飯島の聴取から大筋は分かっていた。飯島本人によれば、専門学校卒業間近に見学に行ったファッションショーで憧れの国枝和子に会うことが出来、思い切って話しかけたことから知り合いになり幸運にも採用されたということであった。カズコブランド社の社員から、人付き合いは苦手のようだと聞いた飯島にしては話がうますぎてにわかには信じがたい気もするが、それ以上のことはないと言い張る飯島の頑なな態度と、社長の個人的な関係で採用をしたという人事部の曖昧な話から、当時、捜査本部ではそのように理解していた。しかし、もし国枝と長瀬が知り合いであったなら、飯島のカズコブランド社採用に、口利きなど長瀬から何らかの働きかけがあったのではないかと田所は疑い始めていた。それこそが、人事部の言った社長の関係でという言葉の意味ではなかったのか。

「いや、飯島さんの入社のいきさつなどは一切知りません」

長瀬はこれまでになくぶっきらぼうな答え方をした。田所の思い過ごしかもしれないが、その取り付く島がないような言い方が、かえって無関心を装おうとしているような不自然な態度に見えた。原刑事も同じように感じたのか、キッと目を上げて割り込んできた。

「飯島めいがカズコブランド社に就職したのは犯行のおよそ一年半前ですから、採用が決まる頃はもう先生の患者さんだったわけですよね。それでも、そのことについては何もご存知ないんですか？」

「知りません。というか覚えていません。たくさんの患者の診察をしていますので、個々の患者の話の内容まで正確に覚えていません。大事なことは必ずカルテに記載しますから、カルテに飯島さんの就職、ええと、カズコブランド社就職については記載されていると思います。その中に採用のいきさつについて記載があるかどうか、既に警察に提出してあるカルテを調べていただければ分かります。カルテに記載がなければ、そのことは話題にならなかったと思います。とにかく、カルテを見ない限り採用のいきさつについてまではっきりしたことを申し上げられません。なんなら、カルテ取り寄せてみましょうか、といいますか、電子カルテですので外来に行けばすぐに開けますが」

「いやいや、今そこまでは。必要になったら提出いただいているカルテを拝見してみます」

今すぐに一緒に外来へ行きましょうと言い出しそうな原刑事の腕をそっと抑えて田所が続けた。

「つまり、カズコブランド社への就職についてはお聞きになっていたとしても、採用のいきさつの話はあまり印象に残っていないということですね」

「はい。特に覚えてはいません」

「採用のいきさつはともかく、飯島がカズコブランド社に就職したことについて印象はどうでした?」

「はあ?」

「あれ? 先生はカズコブランド社の社長をご存知なかったんですか? いや、ご存知だとばかり思っていたものですから」

田所は、とぼけた様子で核心に触れ始めた。

長瀬はハッとした表情を見せた。しかし、一瞬のことだった。

「いやあ、自分は勝手にそう思っていたものですから。先生とカズコブランド社の国枝社長は、たしか同じ島根のご出身でしたよね。それで……」

田所は、ついでのように言った。

「私の出身までお調べになったんですか？　どういうことでしょう」

「いやいや、先生のことを調べたわけではなくて。先般、先生のご活躍の記事を見て、先生のご出身が島根県だと初めて知ったんです。国枝さんが島根の生んだ世界的デザイナーという話は知っていましたので、東京でご活躍されているお二人が同じ島根のご出身ということですからお互いご存知だとばかり思ってました」

「国枝社長のことは存じ上げていました」

長瀬は、国枝和子と関係があったことをあっさりと認めた。

「もちろん、顔を知っている程度です。恐らくもうご存知だろうと思いますので申し上げますが、島根県出身者の東京牡丹会というのがありまして、そこでお会いしたことがあります。以前に東京牡丹会から講演を頼まれまして、私の専門領域の講演をしたことがありました。それを機に知らないうちに会員になっていまして。その後、二、三度出席した会合で国枝さんにお目にかかっています。先ほどおっしゃったように世界的デザイナーとして有名でしたから、私もミーハー的な気持ちで近づいてご挨拶をした程度ですけど」

「そうですか。そうしますと、飯島めいがカズコブランド社に入社した時、お知り合いの国枝社長に飯島さんをよろしくと頼んだり、といいますか、そもそも採用に口を利いてあげたということはなかったんでしょうか?」

田所が、長瀬の顔をじっと見ながら訊いた。

「とんでもありません。私どもには守秘義務がありまして、患者に関することを第三者に話すことは許されません。患者である飯島さんのことを他人に漏らすことは出来ません」

「でも、例えば、良くなられた患者さんの就職に口添えをすることもお医者さんの大事な仕事のような気がしますが」

原が、割り込んで素直な疑問を口にした。

「うーん、たしかに内科や外科治療で完治された患者さんの場合、関係者によろしくということはあるかもしれません。しかし、私ども精神科の領域では、たとえ善意であっても、患者さんの不利益になる可能性があり、個人的なことを漏らすことになる行為は許されません。まして採用の口利きをするなど、患者さんの不利益につながる可能性だけではなく、医師自身も将来に渡って責任を負うことになり、たとえ本人に頼まれたとしてもしない。そもそも、飯島さんがカズコブランド社に入られたことは入社後にお聞きしたと思いますよ」

「分かりました。先生は国枝社長のことはご存知でしたが、顔見知り程度だったんですね。従って、飯島が国枝社長のカズコブランド社に入社したことも聞いてはいたが、それは入社後のことで、自分は関係はしていないし特に関心もなかった。そういうところでしょうか」

田所が、努めて穏やかにいった。

「まあ、そうですが、関心がなかったと言えば嘘になりますね。国枝社長には飯島さんが患者だとは言えないし、飯島さんにもカズコブランド社の社長と知り合いだと言うことも憚られるしで、診療上では無関心を装っていましたが、飯島さんには国枝社長のもとでいい仕事をして欲しいと気にはしていました」

「そうだとすると、ちょっと変な気がしますが」

原が、また口を挟んだ。

「何がですか?」

長瀬は、うんざりした顔で原を見た。

「今回の事件の加害者と被害者、両方をよく知っていらっしゃって、しかもそのことを多少とも気にしていたら、事件が起きた時に何か感じられなかったんですか?」

「今、加害者とおっしゃいましたが、飯島さんが加害者と分かったのはずっと後のことでしたよね? 被害者の国枝さんは知っていましたが、加害者が飯島さんなんて当時は考えてもみませんでした。飯島さんがまだ新人と言っていいような社員として働いている会社の社長が殺された事件という程度の認識で、大変な事件だとは思いましたが」

「でも、これだけの事件、診察の時に話題になることはなかったんですか？」

「会社も大変ですね、という程度のことは話したかもしれませんが、診療上、話題にしてはいないと思います。患者さんからの自発的な訴えをお聞きして、それに対処するのが私どもの基本ですから、特に患者さんからお話のないことをあえて持ち出すことはしません」

「でも、飯島めいは国枝社長にずいぶん可愛がられていたようですが」

原が食い下がった。

「飯島さんが国枝社長と付き合いのあったことは、飯島さんが逮捕された後で初めて知りました。二人が特別に親しい間柄だったことは、逮捕後にお見えになったあなた方に話を聞いて初めて知ったんです。そもそも、何度も言いましたが飯島さんは事件の後もそれまで通り通院されていました。気が付かなかったことは精神科医として恥ずかしいことではありますが、従来と全く変わらない状態で治療経過はいいと考えていました。その間、警察も私のところに来られることもなく、お二人も飯島さんが逮捕された後にようやく私のところに来られましたよね」

穏やかな印象の強かった長瀬が、原を睨みつけるようにして皮肉を込めた言い方をした。

「でも、この前にお伺いした時、飯島めいの病気、ええと、パーソナリティー障害、特に他の障害が加わると衝動的に暴力を振るうケースもあるとおっしゃったと記憶していますが、この事件を聞いた時、国枝社長の会社にいた飯島についてそういう考えは浮かばなかったんですか？」

　原は能天気を装っているのか、ずけずけと質問した。

「ですから、何度も言いましたように、飯島さんには事件前後で何ら変わるところもありませんでした。飯島さんの症状は既に改善していてそろそろ通院間隔も開けようと考えていたくらいでしたから。国枝さんの事件に関与しているなんて考えもしませんでした。いくら病状に衝動的な行為があるとしても、若い女性が殺人まで犯すなんてことはにわかに想像出来ることではありません。あなた方警察でさえも、飯島さんが犯人だと分かるのに何ヶ月もかかった。何ヶ月もの間、疑いも持たなかった。そうじゃないですか？」

　原の質問に一瞬ひるんだような表情を見せた長瀬准教授は、しかし、すぐ冷静な表情に戻り再び皮肉を込めて答えた。

「はははっ、おっしゃる通りです。そう言われると返す言葉もありません」

　さらに何か言い出しそうな原を牽制するように田所が口を挟み、続けて言った。

「途中から話がそれてしまい申し訳ありません。今日は、飯島めいが事件を起こした動機について何か得られないかとここにお伺いしましたが、先生にも特に思い当たることはないということのようですね。やはり、精神上の問題に起因する突発的な出来事、ということでしょうか」

「現在行なわれている精神鑑定の結論を待ちたいと思いますが、もし田所さんのおっしゃる通りなら、治療医として誠に非力であったと申し訳ない気持ちです」

「いやいや、病気の為せるわざということであれば、先生方の責任と言うのは酷というものでしょう。我々も時間的に追われているものですから、いささかご無礼なことも申し上げたかと思います。お許し下さい。今日はお忙しいところ、お時間をいただきましてありがとうございました」

田所は、丁寧に頭を下げると、今回も、未だ何か言いたそうな原を促してそそくさと長瀬准教授室を後にした。

25

「どうもしっくりしませんね」

関東医科大学池尻医療センターから駅に向かう途中、押し黙って歩いていた田所刑事が急に天を仰ぐようにして言った。

「そうですよね。長瀬先生、絶対何か隠していますよ。私は最初から変だと思ってました」

黙して歩く田所に遠慮をして同じように押し黙って歩いていた原が、我が意を得たりとばかりに言った。

「長瀬先生が何か隠しているかどうかは分かりませんが、登場人物の全員につながりのあることがあまりにも不自然な気がして。長瀬先生と国枝和子の出身県が同じということはただの偶然と言えば偶然かもしれませんが、事件前から二人が顔見知りで、その二人の間に飯島めいが入っているとなると、どうもただの偶然ではないような気もするし」

「調べてみましょうよ。長瀬先生、途中で急に不機嫌になったりして怪しいですよ」

「ははは、先生が不機嫌になったのは原さんの能天気ぶりが原因でしょう。しかし、怪しいと言っても、この事件は飯島の単独犯行であることは間違いないですし、長瀬先生が事件に直接関わっているわけでもないですからね」

「でも、田所さん、しっくりしないんですよね。だったら、調べるだけ調べてみませんか」

「そう、ですね。しっくりしないと気持ちが悪いですからね。署の業務に支障のない範囲で少し調べてみましょうか。長瀬先生のことはこのあいだ大雑把に調べましたけど、自分が調べた範囲ではこれということはありませんでした。原さん、その辺をもう少し詳しく調べてくれませんか。自分は、念のために国枝和子について調べてみます」

　この話し合いで、原は長瀬の過去を調べることになった。

　翌日、原刑事は日中の業務を終えた夕刻から資料室に籠った。さし当って、長瀬誠の履歴を可能な限りさかのぼって調べてみることにした。まず手始めに、原はウェブサイトの長瀬誠でヒットする情報を手当り次第に集めてみた。年齢は未だ四十半ば過ぎの若さであったが、精神科領域、特にパーソナリティー障害の専門家として高名のようで、その業績を中心にたくさんの情報があった。しかし、経歴に関する情報は限られており、その多くは大学入学以降のもので、島根県在住の頃の経歴に関する情報は少なかった。しかもその情報は、出身中学、出身高校の名前程度のものであった。個人情報と言えるものは、母親が松江市の老舗銘菓店の出自であることと、長瀬誠は三人兄弟の長男であることくらいであった。これらは地元新聞の「活躍する出雲人」というローカル記事に載っていた情報で、田所刑事が言ったように、これ以外にほとんど収穫はなかった。

一方、田所刑事は殺された国枝和子の過去を調べることになったが、国枝の履歴については捜査の段階でかなり詳細に調べられていた。田所はまず当時の資料を改めて見直してみることにした。それ以前から、早朝や仕事の終わった後、資料室から持ち出した名鑑や捜査記録などを読みふけっている田所に同僚は怪訝な表情を見せていたが、そのことが伝わったのか、当初、署の捜査一課長である小田切から余計な時間を使うなと釘を刺された。その小田切も、警視庁の草薙から連絡があってからは、見て見ぬ振りをしてくれていた。

国枝の履歴の中で、東京牡丹会で会う以前に長瀬と関係があったとすれば、ミッションスクールに通っていた松江在住の三年間ということになると考えた田所は、当時の記録を重点的に見直してみた。しかし、国枝和子と長瀬誠の学年や居住区は全く異なっており、二人の間を結びつける事実を見つけ出すことは出来なかった。

ただ、一つだけ腑に落ちない点があった。国枝和子は中学三年の三学期に大阪の私立中学に転校していたが、親が転勤したわけでもなく、松江市でも名門の中高一貫校から大阪の二流私立中学に転校していて進学目的とも考えられず、この転校には唐突感があった。しかし、特に事件の解決に結びつく重要な情報でもなかったためか、捜査資料にはそれ以上の言及はなかった。田所もこのことは多少腑に落ちないと思った程度で、さすがに国枝と長瀬の間に関係があったというのは考え過ぎかと思い始めた。しかし、いよいよ最後という思いで、西城公園殺人事件の被害者、国枝和子の松江市在住時代についての入手可能な情報を島根県警に依頼してみた。当初は迷惑そうな対応であったが、世間を賑わした事件だけに、島根県警からは一応調べてみますという返事をもらうことが出来た。

長瀬准教授を再訪した五日後、それまでに得た情報を交換することになっていた田所と原は、しかしお互いにあまり収穫のなかったことを伝え合うだけだった。

「長瀬先生が以前に国枝和子と関係があったとしたら松江にいた頃の可能性が高い気がして調

べてみましたが、たいした情報は得られませんでした。現地で聞き込みでもするしかないですが、そんなこと無理でしょうし、そもそも昔のことであまり現実的じゃないですよね」

原は張り切っていただけに、収穫のなかったことを面目なさそうに言った。

「自分も、あるなら松江時代に可能性があると思って国枝和子の松江時代を調べてみたけど、今のところネタ無し。ただ、ちょっと気になることがあって、島根県警に一応頼むには頼んでおきましたけどね」

田所も冷めた表情で言った。

「長瀬先生には二人の兄弟がいるらしいです。どちらか東京にでもいれば、それとなく接触する手もありますが」

原がついでのように言った。

「いやあ、兄弟を探し出して聞いてみるなんて、とてもそこまでは出来ないでしょう。それに、兄弟が二人いると言ったけど確か一人のはずですよ」

田所は紳士録でみた長瀬准教授の履歴をこと細かく覚えていた。

「いや、私が調べた先生の履歴欄には、先生が三人兄弟の長男と書いてありましたけど」

「紳士録が間違うことはないと思うが、そっちの情報は正しいんですかね」

「はい。地元新聞社の記者が書いた内容ですから間違いないと思いますが」

「地元紙なら、確かにそうそういい加減な情報で書くということもないだろうね。紳士録が間違えたのかもしれないが、そこんとこもう一度確かめてみてくれませんか」

「はい、分かりました」

原が思案顔で答えた。

26

関東甲信地方に例年より遅い梅雨明けが宣言された七月の終わり、およそ三ヶ月近く続けられてきた飯島めいの精神鑑定の結果が検察庁に報告され、朝比奈光一検事のもとに届けられた。

そのうわさは直ちに西城警察署にも伝わり、署員の間で鑑定書の内容がしきりに取り沙汰されていたが、犯人の異常性をおおむね認めた鑑定内容だとのことであった。

「やっぱり長瀬先生が言った通り、犯行時の飯島は心神喪失だったということのようですね。結局、刑事責任能力は問えそうにないので、さすがの朝比奈検事も起訴出来ないんじゃないかと皆言ってますが」

長瀬准教授の履歴を改めて調べた結果を話すために田所の席にやって来た原が、署内でうわさされている話を伝えた。

「自分も実際に鑑定書を見たわけじゃないですから正確じゃないですが、犯行時に異常な心理状態にあったことは間違いないものの、心神喪失までいかない、心神耗弱の範囲という鑑定結果だったと言ってる人の話も聞きましたけどね」

田所は、自分の得た情報を伝えた。

「そうですか。もし心神耗弱なら、罪一等減じられるとしても起訴には持ち込めそうですね。そもそも、犯行後に偽装工作までしているんですから責任能力が問えないはずはないと、当初、朝比奈検事はしきりにおっしゃっていたということですから」

「検察も難しいところでしょう。聞くところによると、父親の力で飯島めいには強力な弁護団が付いているようですから、たとえ公判に持ち込んでも、心神喪失を勝ち取るまで何度でも精神鑑定を要求するでしょうし」

「朝比奈検事はどう判断されるんでしょうね。ところで田所さん、このあいだ調べるように言われた長瀬先生の兄弟の件ですが、妙なことが分かりました」

「妙なこと?」

「地方紙の三人兄弟という記事、紳士録にある二人兄弟という記載、どちらも正しいんです」

「えっ、どういうことですか?」

「長瀬先生にはお姉さんと弟さんがいらっしゃって、実際には三人の姉弟ということだったようですが、若くしてお姉さんが亡くなられていて、今は二人兄弟ということのようなんです」

「なるほど、もとは三人兄弟だったのが二人兄弟になったというわけですか。それならどちらも正しいということで、別に妙な話でもないですね」

「はあ。ちょっと気になって調べてみたんですが、お姉さんが亡くなられたあたりのことがどうもよく分からないんです。ただ、お姉さんは先生の五歳年上でカズコという名前だったことが分かったんです」

「ええっ、カズコ。国枝和子と同じカズコですか。確か国枝和子も長瀬先生の五歳くらい年上でしたよね」

「はい。漢字も同じ和子なんです。妙じゃないですか?」

「確かに妙ですね。でも、まさか?」

「まさか、ですよね。国枝和子が実は長瀬先生のお姉さんだったなんてことはないでしょうか?」

「うーん」

田所は、困ったときの癖で額を激しく揉みながらしばらく呻吟(しんぎん)した。

「いや、そんなことはないでしょう。国枝和子については捜査段階で調べられていますが、確か島根県太田市の素封家の生まれで、地元の太田市の小学校を卒業しています。中学一年から松江に住み、中学三年で大阪へ転校していますから素性ははっきりしていますよ」

「そうですか。捜査資料が間違っているなんてことないですもんね。でも、長瀬先生のお姉さん、その中学三年の時に亡くなったことになっているんです。亡くなられた時期は分かったんですが、亡くなられた状況、といいますか死因が何だったのかそのへんがボカされていてちょっと気になるんです」

「中学三年で亡くなった。病気でしょうかね。亡くなられたお姉さんも松江の中学ですか?」

「はい。松江のミッションスクール在学中に亡くなっています」

「えっ、ミッションスクール。えーと、湖南ミッションスクールじゃないですか?」

「はい、確か湖南、湖南ミッションスクールでした。それが何か?」

「それは確かに妙ですね。国枝和子、三年生で大阪に転校したんですが、それまでは湖南ミッションスクールにいたんですよ」

「えっ」

今度は原が驚きの声を上げた。

「じゃ、やっぱり二人は同一人物。……そうじゃないですか?」

「うーん」

田所が再び額を揉み始めた。

「いやあ、さすがに捜査資料からそれはないでしょう。しかし、これも偶然とは思えないですね。島根県警に国枝和子の再調査をお願いしていますが、長瀬先生のお姉さんについても調べてもらえないか頼んでみます」

「はい、お願いします。絶対なんかありますよ」

原は妙に張り切った言い方をした。

27

飯島めいの鑑定結果がマスコミに取り上げられ、忘れられかけていた凄惨な事件の記憶が再び世の人々の間に甦ってきた。実際の内容がリークされたかどうか定かではないが、極めて異常な精神状態のもとでなされた犯行で、この間までは未成年と呼ばれていた二十歳前の若い女性を罪に問うことは出来ないという論調が多く、弁護側が意図的に流したうわさではないかと疑うむきもあった。

捜査の初期段階では、ごく普通の女性らしいまともな振る舞いをする飯島めいを見ていた捜査本部員の中には、納得がいかないと言う者もいた。しかし、聴取中に大人しそうな飯島が突如豹変する姿を幾度も目にした草薙や堺、息を呑むような凄惨な殺害現場を見た刑事や鑑識官たちにとって、報道された鑑定内容は納得せざるを得ないものであった。

そんな鑑定結果を報じるマスコミを話題にして盛り上がっている西城警察署の昼休み、原が田所の席に呼ばれた。

「午前中、島根県警から連絡がありました」

「あ、はい。それで、どんな?」

「国枝和子については、松江時代、親元を離れておばの家に住んでいたことが分かった程度で、それ以外捜査資料以上のことはありませんでした。先生のお姉さん、長瀬和子については、一市民のしかも昔のことで、ほとんど情報は得られなかったということです。ただ、原さんがよく分からないと言っていた死因が分かりました。自殺だったということです。異常死ということで警察が介入し、当時の死体検案書が残されていて、住所、氏名検索から分かったようです」

「自殺、ですか。道理で。いろいろ調べても死因の部分がボカされていてよく分からなかったのは、そういうことだったんですね。若いのに、どうして?」

「自分も訊いてみたんですが、県警にはそこまでの記録はないということでした」

「中学生ですよね。それこそ精神的な問題があったんでしょうか。長瀬先生が精神科医にならたれたのも、案外お姉さんの病気のことがあったからかもしれませんね」

原のこの意見は必ずしも飛躍し過ぎているとは思わなかったが、田所には別の考えが浮かんでいた。長瀬准教授の姉、長瀬和子が自殺をしたしばらく後に、同じ学校に通っていた国枝和子が急に理由のはっきりしない転校をしたことは偶然ではないという思いがし始めていた。しかし、そのことを確かめようにも島根県警からはこれ以上の情報を得ることは出来そうもなかった。

「長瀬先生にもう一度会って、詳しい事情を聞きませんか?」

原がまたしても能天気ぶりを発揮した。

「そんなわけにはいかないでしょう。解決済みの件、署内でもいい顔をされていないのに権限もなく個人情報を探るようなこと、長瀬先生からクレームでも来たら問題になりますし」

「そっか。私も長瀬先生と国枝和子の間に関係がありそうな気がしてきたんですが、これ以上は無理ですか」

「ええ。これ以上は現地で関係者を探し出して聞き込みでもするしかないですけど、そういうわけにもいかないし」

田所も力尽きた気がしていた。

「でも、田所さん、やっぱりしっくりしないんでしょう。大目にみてくれている堺係長や小田切課長……そうだ、まずは堺係長に一度相談してみたらどうでしょう」

「ははは、原さん粘りますね。では、そうしてみましょうか。この話、だめ元で係長、課長に上げてみますよ。それにしても原さんの粘りには負けますね。いい刑事になれますよ。あ、いや。失礼、もうたいした刑事です」

28

「言っていることは分かるが、正犯が起訴されるかどうかという時に、いまさら国枝和子と飯島めいの主治医の関係を探っても仕方ないだろう」

小田切課長はにべもなかった。

田所と原から話を聞いた堺係長が、話を小田切課長に上げてくれたのだ。その二日後に二人が呼ばれた小会議室には、小田切課長と堺係長のほかに、今日は時間を持て余していたのか神保署長も座っていた。

「確証でもあるのか？　今の話を聞く限り、せいぜい二人に関係があった可能性が疑われるというところだろう。疑われるというだけならどうにもならん」

小田切課長の言葉は厳しかった。

「はい、確証はありません。しかし、もし長瀬先生と国枝和子に以前から関係があったとしたら、その長瀬先生の患者が国枝和子を殺すなんてあまりに偶然過ぎませんか？」

田所が口を開く前に原が言った。

「だから、その話はよく分かったよ。しかし、偶然ではなかったとしたら長瀬准教授と国枝和子に関係があったことと、飯島めいが国枝和子を殺したことがどう結びつくんだ。現に我々は、この事件は飯島の単独犯行で共犯者はもちろん、犯行に関与した者もいないと断定して検察送致している」

「その通りですが、捜査の段階で犯行の動機がどうもすっきりしなかったのも事実です。結局飯島の心神喪失ということに落ち着きそうですが、飯島が何かを隠し続けているということはないでしょうか」

田所が遠慮がちに言った。

「何かとは？」

オブザーバー然としていた神保署長が口を挟んだ。

「長瀬准教授に何か指示をされていたとか」

田所が、神保と堺の顔を交互に見ながら言った。

「まさか、それはないですよ。飯島の取り調べには全て同席しましたが、共犯者がいるとか、誰かの教唆があったということを疑わせる点は全くなかった。草薙さんも相当しつこく聞きましたが、それを臭わせる言質は一切なかったですよ」

堺がいささか憮然とした表情で言った。

「いや、係長たちの取り調べがどうのこうのというわけではなくて。飯島めい自身もはっきり自覚していない主治医からの教唆というか、なにか影響を与えるようなものが」

田所が、しきりに額を揉みながら言った。

「おいおい、洗脳とか、そういうことか。話がますます怪しくなって来たな。そんな雲を掴むような話ではとても再捜査してみろとは言えんな」

小田切はあきれたように言った。その小田切の言葉を聞いた原がスッと顔を上げた。

「確かに、長瀬先生と国枝和子の二人に関係があることと、飯島めいの殺人との結びつきは今のところ不明です。そもそも二人に全く関係がなかったら、この事件には何の疑問も生まれません。でも、もし長瀬先生と国枝和子二人の間に以前から何か深い関係でもあったとしたら、この国枝と長瀬、長瀬と飯島、飯島と国枝、三人がサークルで完全につながることになります。そのサークルの中の一人がもう一人を殺害したら、残ったもう一人は全く関係ないと考える方が不自然じゃないですか？　もし長瀬先生と国枝和子二人の間に特別な関係が見つかったら、もうそれだけで、長瀬先生は何かを隠しているということになりませんか？　ですから、この二人に特別な関係があるかどうか調べることは大事じゃないですか？」

「うん、君たちの言っていることは分かっているつもりだ。だが、二人の関係が分かったとしても、飯島めいの単独犯行と決して既に送致した事件にどう結びつくか合理的に説明することは簡単ではなさそうだし、立証することは難しいと思う。そもそも、多くの事件を抱えていて、今、そんな先の見えないことに割いてる時間はない。つまり、そういうことだ」

「しかし……」

さらに反論しそうになった原の腕を、田所がそっと抑えた。

「分かりました。疑問は残りますが、確かに詰めるのは難しい気がします」

田所はそう言うと、原を促して立ち上がりドアに向かおうとした。

「あ、そう言えば、田所さんはあと半年で定年だそうですね。たいへん活躍いただいたこと、小田切課長からもさんざん聞かされています。長い間、ご苦労様でした。ほとんど休みも取らずに働き詰めだったとか」

気まずい雰囲気を和ませようとするかのように、神保署長が田所に声をかけた。

「はあ、ありがとうございます。自分はこの仕事が好きでしたから」

田所は、署長の突然の言葉にポカンとした表情で答えた。

「好きが何よりです。で、休みも取らずに働き詰めなら、田所さんの有給休暇、結構残っているんじゃないですか？　課長」

「全然、取ってないですから」

堺刑事が小田切の代わりに答えた。

「どうでしょう。たいへん忙しいのは分かりますが、田所さんにはご活躍をいただいたご褒美に、少し有給休暇を取っていただくというのは」

「はあ。署長がそうおっしゃるなら、私に異存はないですが」

小田切が、いかにも怪訝そうな顔を装って答えた。

「いやいや、自分はそんな。デカ部屋の皆さんに迷惑がかかりますから」

田所は慌てた。

「みんな多少仕事が増えても、田所さんの分なら文句を言う奴はいないでしょう」

堺がそう言うと、小田切が大きく頷いて言った。

「あまり長いとさすがに困るが、四、五日。そうだな、なかなか行くことのない山陰なんかどうだ。魚が美味いという話だし、松江にでも泊まってゆっくりしてきたら」

「出張じゃないから旅費は出ませんが、宿泊は県警の保養所を利用すればただ同然だし、ゆっくりしてくるといいですね。今、私の同期が島根県警の警備部長で行ってますから頼んでおきましょう。もし向こうで何か困ったことがあれば協力してくれるよう、一緒に頼んでおきますよ」

神保署長が付け加えた。

「それって、有給休暇なんですか？」

また、原が素直な疑問を口にした。その言葉を抑えるように田所が頭を下げて言った。

「ご配慮ありがとうございます。お言葉に甘えて有給休暇取らせていただきます」

「あっ、そっか。調べて来いということなんですね。皆さんの芝居だったんだ」

そう言った原を、署長以下三人が睨みつけた。

29

山陽新幹線岡山駅から伯備線の特急「やくも」に乗り継いで松江駅に着いた田所刑事を、からりとした盛夏の青空が迎えてくれた。山陰特有とよく言われるどんよりとした天気は、冬だけのことのようだ。

島根県警が、保養所のかわりに宍道湖畔にあるホテルを格安で確保してくれていたが、ホテルに落ち着くにはまだ時間が早かった。この時間を利用して、地図の上で歩いて行けそうな場所にある長瀬和子の家、すなわち長瀬誠の実家を見ておくことにした。

駅を出て南に進むと、時代を経た玉石積みの石垣が延々と続く堀川に出た。堀川沿いの道を西に進んだ竪町（たてまち）に今も長瀬家はあった。間口の広い木造家屋で、その昔は盛大に商いをしていたことを偲ばせる大きな一枚板の看板が軒にかかっている。しかし、その文字は掠（かす）れてしまっており、彫り込みからかろうじて長瀬酒店と読めた。今も商売を続けているようで、ガランとした広い土間の片隅に少しばかりの酒瓶と雑貨が置かれている様子をガラス戸越しに見ることが出来た。両隣をはじめほとんどの家々は建て直されていて、この一軒を除いて周りに古い木造の家屋は見当たらなかった。それだけに、長瀬家の衰退ぶりが目立ち、ここだけが取り残されてしまったことになにか深い事情があるように思えてならなかった。田所は、すぐにでも店に入ってそのあたりの事情を聞いてみたい衝動に駆られた。しかし、自分の身辺が調べられていることが回り回って長瀬に伝わるようなことがあってはならないと考え、思いとどまった。

翌朝、朝食を終えた田所に面会者がいるとフロントから連絡があった。

「おはようございます。島根県警、警備部の黒田浩樹と言います。喜多川部長から、田所刑事を出雲大社にでもご案内しろと言われて参りました」

眉の太い精悍な顔立ちの大柄な青年が待っていた。

「はっ、おはようございます。田所です。いやいや、案内なんてとんでもありません。せっかく来ていただいたんですが、自分、ちょっと調べたいこともありまして」

神保署長が連絡をしておいてくれたに違いない。田所は、戸惑いながら答えた。

「はい。部長からは一応は観光ということにしておくが、ご希望の場所があればどこにでも案内するよう言われていますので、遠慮なくおっしゃって下さい」

田所は、黒田の言葉に甘えて国枝和子が世話になっていたおばの家に案内を頼んだ。松江市内の北に位置する奥谷町にあると県警が調べてくれたおばの家の番地に着いてみると、既に一軒家はなく、周りの土地を一緒にした広い敷地にマンションが建っていた。管理人室で聞くと、マンションは二十年くらい前に建てられていて、それ以前の住人を追跡するための手がかりはなく、当時の国枝和子に関する情報を得るすべもなかった。半ば予想していたとはいえ失望感を味わった田所は、しかし気を取り直し、最も重要な情報が得られそうな湖南ミッションスクールを黒田の案内で訪ねた。

松江市街のはずれにある小高い丘の上に、黒松の林に囲まれて古風な校舎が建っていた。ちょうど昼休みで、多くの生徒達が校舎を出入りしていたが、ミッションスクールだという先入観もあってか、田所には襟に濃紺のセーラーテープの入った純白の制服に身を包んだ生徒たちがいかにも清楚に見えた。国枝和子と長瀬和子もここで共に学生生活を送っていたはずだ。同じクラスであったかどうかは今のところ分からないが、少なくとも同学年のはずだから、何らかの情報は得られると期待して来た。

しかし、その期待はあっさりと打ち砕かれた。あまりに昔の話で卒業生名簿以外に記録が残っていないと言われた。その名簿で二人がクラスメートであることは分かったが、それ以上のことは分からなかった。二人が在学したのは三十五、六年も前の話であり、無理もないと思われた。しかし、対応した副校長の話の端々に何か奥歯にものの挟まったような印象があった。

黒田の協力で、殺人事件の捜査の一環だとして圧力をかけたが、二人が同級生であったこと以上は分からないとの一点張りだった。やむを得ず、田所は長瀬和子が在学中に自殺をしたのではないかと水を向けた。グレーの修道服を纏った副校長は一瞬驚いたように顔を上げた。しかし、自分も赴任して十年そこそこで、三十年以上も前のことを知る関係者は一人もいないため確かめようがないとの答えであった。これまでの受け答えの様子からうわさ話程度であっても何かを知っているに違いないと思われたが、半ば詫びながら返答をするシスターに、田所も黒田もそれ以上質問を続けることは出来なかった。

二度目の失望を味わいながら黒田を促して辞去しようとした田所に、副校長はよほど気の毒に思ったのか、それとも殺人事件という事の重大さを考えたのか、慎重に言葉を選んで希望を繋いでくれた。

「なにぶん昔のことですので、本当に申し訳ございません。私どもから確かなことはなにも申し上げられませんが、当時在学されていた方ならなにか知っていらっしゃるかもしれません」

「えっ、あ、はい。それでは、その頃に在学されていた方の名簿など見せていただけますでしょうか?」

「警察から正式な依頼があればもちろん。ただ、個人情報でもあり、今すぐに名簿をお見せすることはどうも。校長とも相談しませんと」

「では、当時のことを知っている方、誰かいらっしゃいますか?」

「先ほど思い出したんですが、私の前の副校長が当校の在学生だったようですので、何かご存知かもしれません。ただ、どうぞ私からお教えしたことは伏せていただきたいのですが。個人的なことをお伝えしたこと、神の御心に背くことかもしれません」

そう言うと、両手を組んで祈るような仕草をした。芝居がかって見えたが有り難かった。

田所は、副校長から教えてもらった前副校長の中村嘉子に急いで連絡をとった。現在、島根県の隣、鳥取県の米子市にある教会附属の孤児院で院長をしている中村に面会の趣旨を伝えると、最初は電話の向こうで躊躇をしている様子が窺えた。しかし、殺人事件の捜査の一環という言葉で、翌日の面会を約束してくれた。

30

次の日も、朝から黒田が自ら車を運転して田所を案内してくれた。松江から国道九号線を一時間ほど東に走ると、米子市の外れにある教会に着いた。鬱蒼(うっそう)と繁る木々に囲まれた敷地に、大きくはないが重厚な作りの教会とその奥に真新しい頑丈そうな二階建ての孤児院と思われる建物が建っていた。二人がその建物の二階にある応接室に通されると、中村嘉子と思われる修道服を着た女性と、もう一人、洒落たツイードのワンピースに身を包んだ女性が待っていた。

「中村嘉子でございます。お待ちしておりました」

修道服の女性が立ち上がった。

「昨日ご連絡を申し上げた田所です」

田所は、正式な捜査でないことに後ろめたさを感じながら、警察手帳を差し出して挨拶をした。黒田も同じように警察手帳を出して名乗った。

「こちらは、友人の宮田友子さんです。昨日のお電話では、国枝和子さんと長瀬和子さんについて話を伺いたいとのことでしたが、一人では心もとないため、当時、皆と一緒のクラスだった宮田さんにも来ていただきました」

「宮田友子です。よろしく」

穏やかなシスターの中村嘉子と違って快活な印象の女性だ。

「えっ、では、皆さんは国枝さんや長瀬さんと同じ学年、と言いますか、同じクラスだったんですか?」

田所は、二人の女性の顔を交互に見ながら言った。

「そうです。各学年二学級しかなかったのですが、クラス替えなしでしたので、私たちは三年間一緒でした」

シスターが答えた。

「三年間じゃなくて、正確には二年半くらいですね。長瀬さんがあんなことになられたんで」

宮田友子が付け加えた。

「長瀬さんが自殺をされたことですね?」

田所が、宮田に確認をした。

「そうです。本当に可哀相でした。でも、どうして今頃になって、あの二人の間のことが?この間の国枝さんの事件と関係があるんですか?」

「ええ、まあ。今、あの二人の間のこととおっしゃいましたが、二人の間のことというのは長瀬さんと国枝さんの間のことですね。それ、何ですか?」

田所は前のめりになった。

「えっ、ご存知ないんですか?　と言うより、そのことを聞きに来られたんじゃないんですか?」

今度はシスターの方が驚いたように言うと、宮田友子と顔を見合わせた。

「ああっ、その……二人の間に何かがあったのではないかと思って伺ったんです。やはり、何かあったんですね?　是非、聞かせて下さい」

そう言われた中村シスターと宮田友子は、なにか余計なことを言ってしまったという表情でしばらく言い淀んでいた。しかし、やがて二人は意を決したように当時の話を始めた。それは陰湿ないじめの物語であった。


一般的に新入生のクラスでは、それぞれ気のあった者同士で次第に小さなグループが出来ていく。中村シスターや宮田友子によると、湖南ミッションスクールでもそうした中学生にありがちな仲良しグループの誕生がいくつもあった。その中で、国枝和子のグループが仲良しグループとして特に目立っていた。裕福で成績上位の五、六人のグループだった。シスターや宮田はメンバーではなかったが、そのグループに長瀬和子がいた。長瀬和子は、大柄で快活な国枝和子とは対照的に、身長はそこそこあるものの細身で大人しそうな生徒だった。しかし、成績は優秀で、繁盛していた大店（おおだな）のお嬢さんという雰囲気がにじみ出ており、グループのリーダー然としていた国枝和子に気に入られ、誘われたものと思われた。

外から見ていると、当初はグループ内で浮いたように見えていた長瀬和子も、次第にグループにとけ込んで国枝和子の右腕のような存在になり、和子という同じ名前の二人は特に仲が良いように見えた。しかし、その仲良しの関係が続いたのも二年生の夏頃までであった。夏休みが開けた二学期の初め頃から、国枝和子らのグループの雰囲気が変わってきた。長瀬和子がまた元のように浮いたような存在になっていた。外から見ていると、当初は浮いた存在に戻っただけに見えた長瀬和子が、次第にグループ内で無視され、のけ者扱いにされているように見えた。

当初、国枝和子と長瀬和子は学業でライバル同士だったが、次第に長瀬和子の優秀さが際立ってきたためだとか、親元を離れて派手な生活の国枝和子に学校では禁じられている異性交遊があり、それを長瀬和子がとがめたためだとか、様々な憶測が飛んだが、いずれも真偽は定かではなかった。はっきりとした原因は分からずじまいであったが、グループ内で長瀬和子へのいじめはエスカレートしていった。鞄や下駄箱の中にいかがわしい男性週刊誌を入れられたり、試験でカンニングをしているといううわさを流されたりする子供っぽい嫌がらせも多かったが、恐らく長瀬和子に最も堪（こた）えたのは、無視され孤立させられたことだったのではないかと中村シスターは言った。

グループ内ではもちろん、クラスの中でもリーダー的存在であった国枝和子に睨まれることを恐れたクラスの全員が、長瀬和子を無視し始めた。シスターと宮田は、今となっては本当に申し訳ない気持ちで一杯だが、当時はそうせざるを得ない雰囲気であったと唇を噛み締めて語った。教師達も、国枝和子の巧みな振る舞いで深刻さに気付いていなかったのか、国枝和子の親が県の有力者であったため言うべきことも言えなかったのか、学校側の助けも一切なかった。

三年生の初めから、長瀬和子は休みがちになっていった。それでもなんとか耐えて頑張っていた長瀬和子は、しかし、いじめが始まってちょうど一年が経った三年生の夏休みの終わり、二学期の始まるその前日に、山陰本線の踏切に飛び込んで命を絶った。それ自体が言いようもない悲劇であったが、長瀬家にはさらに悲劇が続いた。娘の自殺で重い鬱状態が続いた母親は、その後回復することなく廃人同様の生活を送ることになった。また、家族の不幸に加え鉄道自殺に莫大な弁償を求められるなど心労が重なった父親は、脳梗塞で倒れて言語障害が残ったため商いを続けることは出来なくなってしまった。

父親の弟が、父親の代わりに店を切り盛りしてくれることになったが、商才のない人だったらしく、その後店は衰退の一途をたどり、細々と商売を続けるのが精一杯という状態になったようだ。長瀬和子が亡くなった時、小学四年生と一年生の弟がいた。この時四年生だった弟が長瀬誠だ。商売を継いでくれた叔父の助力とそれまでの蓄えを切り崩すことで、二人は学業を続けることは出来た。シスター中村によると、兄の誠は極めて優秀だったようだ。しかし、シスター中村も、長瀬誠が地元の公立高校から隣県の国立大学医学部に進み医師となったところまでしか知らなかった。実際は、その後上京して、関東医科大学で研修生活を送り、同大学の精神科に入局していた。

長瀬和子の自殺の原因について当時は様々に取り沙汰されたが、世間的にはうやむやのうちに終止符が打たれてしまった。しかし、湖南ミッションスクール内部では、国枝和子が中心となって続けられたいじめが原因であることは公然の秘密であった。それまで数度に渡って学校に対策を訴えていた長瀬和子の母親が、娘の自殺直後に半狂乱となって学校に駆け込んで騒ぎ立てたため、国枝和子のいじめは全校生徒の知るところとなったのだ。

この時の惨状と、そしてその後の苦しい生活で受けた長瀬誠の悲しみやつらさは筆舌に尽くしがたいものだったであろう。ちょうど死がとてつもなく恐ろしいものと感じる年頃に、最も身近にいる姉がその死に追いやられたことがどれほど深く心に傷を残したか、そしてその死をもたらした国枝和子をどれほど憎み、恨んだことか想像するにあまりあった。長瀬和子が自殺をした二ヶ月後、突然、国枝和子は身を隠すように大阪に転校して行った。

31

東京に帰った田所は、原刑事に声をかけて神保署長、小田切課長、堺係長に集まってもらい、松江で得た情報をこと細かく報告した。田所の報告に、事件の動機に結びつく事実だと全員が興奮した。ついに国枝和子と長瀬誠との接点を掴んだその情報は看過出来ないと、神保署長から特別捜査本部を率いた植村に伝えられた。

神保からの連絡を受けた植村は、いまさら何を言っているのかと戸惑う様子だったが、一応話は聞いておくと言って田所を桜田門に呼んだ。さすがに田所一人では心細く、神保署長と堺刑事が同道してくれた。

待っていた警視庁刑事部捜査一課の植村課長補佐と、飯島めいの捜査班を率いた草薙刑事の前で、田所は改めて松江で得た情報を詳細に報告した。草薙は田所の話に興味を引かれたようだが、腕組みをしてしばらく黙していた植村が渋面を作って言った。

「田所さん、ご苦労さまでした。ただ、事件が解決した今頃になってこんな話が出てきてもどうにもならない。どの角度から見ても飯島めいによる単独犯行と結論して送致し、検察の取り調べとその後の鑑定留置で飯島の心神喪失とほぼ結論が出そうだ。話としては面白いが、長瀬医師はどのようにして実際の犯行に関わったんだ。この間連絡をもらった時、神保署長が言われたように、長瀬先生が飯島めいを洗脳したとかそういうことか？　あまりに突飛過ぎて話にならない」

植村は、事件は解決済みだと繰り返した。それに対し、神保署長が遠慮がちに割り込んだ。

「確かに管理官の言う通りで、もっともだと思います。ただ、田所が調べてきた事も事実でしょう。既に送致済みの事件をいまさら一部修正するような報告をするのは特別捜査本部としても面子（めんつ）に関わることではありますが、田所が調べてくれた事案、一応検察に報告はしておいた方がいいと思いますが、どうでしょう」

捜査終盤になって飯島めいの身辺を探るよう田所に命じた草薙が、その労に報いる気持ちもあるのか、続けて遠慮がちに神保の考えを支持する意見を述べた。

二人の意見を聞いた植村は、気の進まない様子ではあったが、新たに分かったこの事実を検察に伝えることに決した。起訴、不起訴の決定が大詰めに来ているため、植村に命じられた草薙が田所を伴って、急ぎその日のうちに東京地検刑事部の朝比奈検事を訪ねた。

「いったいどうやって実証するんだ。言っていることはみな状況証拠だろう」

田所刑事の話を聞いた朝比奈検事は苛立ちを隠さなかった。

「長瀬誠というのは飯島めいの治療をしていた医者だろう。坂田先生の鑑定書には、確か飯島めいに対する主治医の治療は適切であったと評価されていた。君たちの言っていることは的外れだ」

草薙と同年代かやや上で、田所よりもずっと年下の朝比奈だが、態度は横柄で語調も強い。こうした押しの強さで強引に捜査を進めて輝かしい実績を上げてきた朝比奈に誰も文句が言えない。いつものことなので、草薙はもう腹も立たない様子だ。

「飯島の単独犯行であることはご報告した通りで間違いないと考えております。ただ、飯島の主治医と被害者の国枝和子の間に怨恨の感情があったと分かった以上、看過出来ませんでしたので」

草薙が言った。

「それは分かった。しかし、三十五年も前のことだろう。そもそも二人はお互いを認識していたのか？」

「二人は、東京牡丹会という県人会で会っていますので」

田所が即座に答えた。

「そうじゃなくて。お互い、憎む相手、自分を憎んでいる相手と認識していたかどうかだよ」

「国枝和子は今となっては分かりませんが、長瀬誠は認識していたと思います」

「思う？　本人に確認したのか？」

「いや。東京牡丹会で初めて会って顔見知り程度だったと言っています。実は、飯島めいが国枝和子のブランド社に入社したのは、飯島が長瀬誠の患者になった後でしたので、実際は飯島を国枝に斡旋したのではないかと訊ねましたが、就職が決まった後に知ったので、入社のいきさつは知らないという返事でした」

田所は長瀬に面会した際の話をした。

「それじゃ全く話にならん。長瀬自身、国枝和子を憎むべき相手と認識なんかしていなかったということじゃないか」

「いや、長瀬が嘘を言っているのではないかと」

「どうしてそう思うんだ」

「カズコブランド社への入社はかなり狭き門のようです。特にデザイン・縫製部門は年一人か二人ということですので、誰かの口利きがないととても入れないそうです。実際に、飯島についても国枝社長の関係でということしか分からないと人事部から言われました。飯島の採用そのものに長瀬誠の口利きがあったと睨んでいます」

「それは田所さんの推測だろう。我々検察の取り調べでは、飯島めいはファッションショーに出かけて自分で国枝和子にアプローチをして採用されたと証言している」

朝比奈は断定的な言い方をした。

「飯島本人は我々にもそう言っています。しかし、話がうますぎないでしょうか。一介のデザイン学校の生徒が声をかけて採用されるような会社ではないはずです。飯島は、あるいは話が出来上がっていたことを知らないため、自分の力で採用されたと本気で思い込んでいるのかもしれません。実際には、長瀬がそうした場を用意して国枝和子も承知していたのではないかと」

田所が自分の考えを説明した。

「なんでそんな面倒なことをするんだ」

「長瀬誠は、パーソナリティー障害という病気の専門家と言いますか、第一人者と言っていいかもしれません。彼は、ほかの精神障害も併せ持っている飯島めいが、殺人などにもおよぶ怒り発作に見舞われる可能性を知っていて、その飯島を国枝和子に近づけようとしたんです」

「おいおい、小説みたいな話、勘弁してくれよ。君のフィクションだろう。だいたい国枝和子は長瀬誠が長瀬和子の弟だと知っていたのか？　それとも知らなかったのか？　どっちだとしても、二人が相当親しくなければ、国枝はそんな申し出を受けると思えんが」

話にならないという表情で朝比奈が言った。

「その通りです。二人はちょっとした顔見知り程度ではなかったと思います。先ほど、今となっては分からないと言いましたが、国枝も長瀬誠が長瀬和子の弟であることを認識していたと思います」

「また、思いますか。どういうことだ」

「長瀬は、国枝を姉の仇と脅したか、姉と国枝和子との関係は知らないことにして同窓生の弟だと親しみを込めて近づいたかのどちらかだと思います。恐らく、長瀬は国枝和子と姉のトラブルのことは何も知らないふうを装い、ただ国枝の同級生の弟だとうまく振る舞っていたんじゃないかと思います」

「根拠は？」

「根拠と言いますか推測ですが、国枝和子も脅されればさすがに警戒して頑なになるでしょう。しかし、実際にはそうではなかった。国枝は、飯島めいを採用した後も、人付き合いの悪いこの新人を必要以上に可愛がっていたようなんです。他の社員もやっかむくらいだったようですし、捜査では同性愛を疑ったほどでしたから。姉と自分とのことは何も知らない様子の長瀬誠から飯島めいのことを頼まれれば、国枝和子は罪悪感と言いますか、後ろめたい気持ちがあるだけに進んで採用するでしょうし、その後も罪滅ぼしのつもりで何かと気を使って飯島を可愛がったんじゃないでしょうか」

「いやいや、田所さんの想像力はたいしたものだ。そんな話、お互いが素性を知っていたことの根拠というか証拠にはならんだろう。そもそも推測というより君の想像に過ぎない。しかし、万が一その想像が当っていたとしても、どうしてそれを証明するんだ。国枝和子はもう口をきかんし、長瀬に問いただすのか？」

「いや、たとえ問い詰めても長瀬は口を割らないでしょう。先ほど言いましたように、国枝に飯島を斡旋したのではないかとそれとなく水を向けてみましたが否定されました。ただ、その時、間違いなく長瀬は動揺していた。それに、その後、自分たちは患者を他人に紹介することはしないとばかに力説をしたのがかえって気になっていまして……」

田所はしきりに額を揉みながら答えた。

「それも、田所さんの印象、そう思っているというだけじゃないか」

「はい。そうですが……。本人にもう一度訊いても恐らく同じ答えでしょう」

「じゃ、どうしようもない話じゃないか。たとえそれが事実だとしても、状況証拠の一つにしかならない。さっきも言ったが、全てが状況証拠だろう。状況証拠をいくら積み重ねても戦えない。百歩譲ってだ、これまでの話が全て真実だとしても、実際行なわれた国枝和子の殺害そのものに長瀬誠がどう関わってくるんだ。国枝和子の殺害と遺体損壊が飯島めいの単独犯行であることは覆しようがない事実だし、取り調べでも精神鑑定でも、飯島の口から共犯や教唆の線は引き出せなかった」

「長瀬誠は、他人を殺害する可能性のある飯島めいを意図して国枝和子に近づけ、自分に代わって姉の仇を討たせようとした。完全犯罪を考えついて、それを実行した。それが真実だとは考えられませんか？」

田所は核心に触れた。

「完全犯罪？　ばかなことを言うな。そもそも教唆は無かったと言っただろう。……おいおい、君は長瀬が飯島めいの心をコントロールしたとでも言うのか。ますます小説じみてきたな。これまでの話も全てが状況証拠で、とても司法の場で争うことは出来んが、最後の話になるともう相手にもされないだろう。一点の曇りもなく事実を証明しなければならない立場にある我々が、空想話では戦えない。精神科医だからそんなことが出来ましたでは相手にされない。まあ、君の想像もこの辺までにしておくんだな」

朝比奈は、いかにもあきれたという顔をした。

「植村管理官からもそう言われていますが、三人が繋がっていることや怨恨感情があること、たとえ偶然だと言われても、全てが偶然というのは有り得ないのではないかと」

田所は、諦めなかった。

「君もしつこいな。言わんとしていることは分かっているつもりだ。君の言っていることが事実だとしても、誰がどうそれを証明するんだ。正義のための真実を追求することが第一義ではない。我々には、法の下で裁くことの出来る事実を明らかにすることが求められているだけだ。

実際我々にはそれしか出来ないし、それすらも困難なことが多い。分かっているだろう。青二才のようなことを言うな」

「長瀬誠が実際の殺害に関与したことが何らかの形で証明できれば、裁くことが出来る可能性はありますか?」

田所は諦めなかった。草薙が田所のこれ以上の発言を抑えようとしたが遅かった。

「本当にしつこいな。まあ、しかし、それが出来たら再考の余地はあるかもしれないが、来週には検察として最終判断をする予定だ。もうこれ以上ぐだぐだと寝言を言うな」

朝比奈は、田所のあまりのしつこさに怒るというより、再びあきれ果てたという表情をしてそう言うと、二人を手で追い払うような仕草をして面会の終わりを告げた。

32

「電話でもお断りしましたように、鑑定の内容についてのご質問にお答えすることは出来ませんが。今日は、いったいどういうことで?」

国立精神・心理研究所附属病院の副院長室ともなると、執務室の隣に小ぢんまりとはしているが応接室も併設されていた。田所は、その応接室のソファーを勧められ、精神科部長の坂田一彦副院長と向き合って座った。

「突然のお願いにもかかわらずお時間をいただきありがとうございます。鑑定内容と全く無関係とは言いませんが、今日はあることの可能性について、専門の先生のご意見をお聞きできればと参上しました」


一昨日、朝比奈検事に追い返された田所は、しかし、長瀬誠が飯島めいを利用したのではないかという疑念を捨てることが出来なかった。現実には有り得ない話を空想しているだけではないかという気持ちと、全てのことが偶然に繋がっていることは有り得ないのではないかという気持ちが激しく交錯していた。

「それほど気になるなら、田所さんが考えているようなことが実際にあり得るかどうか一度専門家に聞いてみるしかないだろう」

いつまでもぶつぶつとつぶやいている田所をよほど気の毒に思ったのか、小田切課長が半ばあきれ顔で田所に言った。

「専門家にですか？　専門家だからといって長瀬本人に聞くわけには……」

田所も、いささか困惑の態だ。

「そりゃ、当たり前だ。ほかに専門家はいるだろう。……そうだな、それなら飯島めいの精神鑑定をした坂田一彦博士はどうだ。先生は犯罪心理学の第一人者で、警視庁も過去の事件で何度か協力を仰いだことがある。今回の事件の事情も分かっているから、意見を聞くには一番いいかもしれない」

田所は、息を吹き返したように目を輝かせた。

「ただし、朝比奈検事に知れたらまずいことになるかもしれんぞ。その辺、田所さんも分かってるよな」

小田切も朝比奈検事に含むところがあるらしく、黙っていてやるからうまくやれよと言外に臭わせてそう言った。

悶々とした気持ちを抑えきれなくなっていた田所は、小田切のこの言葉で、もはや誰に遠慮することもなく、だめ元の精神で、直ちに坂田博士に面会を申し込んだのだ。

「あることの可能性？　どういうことでしょう」

坂田一彦博士は、五十代半ばのはずだが見事な総白髪だ。その白髪を静かに掻き揚げながら真っすぐに田所を見つめて問いかける坂田博士は、医師というより研究者と呼ぶのがふさわしい人物であった。

「はい。先生には、ご自分の患者さんが犯罪を犯してしまったというようなことはございますか?」

「え? 犯罪と言いますと」

「そうですね、何か警察沙汰になるような」

「えっ、私の患者が何か問題でも起こしたんでしょうか?」

「ああ、いやいや。きのう今日のことではなくて、過去にご経験でもあればと」

安堵した様子の坂田博士はしばらく考え込んだ。

「幸い犯罪と呼ぶほどの問題を起こしたケースはありませんが、患者が家族に暴力を振るって警察沙汰になったことは何度かあります」

「治療中でもそういうことはあるんですね。そうした場合、先生は患者さんが家族に暴力を振るうかもしれないとあらかじめ予想、と言いますか、そういうことはあると想定をしておられるんでしょうか?」

「はい? どういう意味ですか? 先ほどからのご質問の趣旨がよく分かりませんが」

「回りくどい言い方をして申し訳ありません。端的に言いますと、例えば、先生の患者さんが他人に危害を加える可能性があることを知りながら、そのままにしておいたら実際にその患者さんが他人に危害を加える事件を起こしてしまった。その場合、先生はあらかじめ事態を想定していたということになりますよね。そうすると、分かっていながら放っておくことで、ある意味、事件を起こさせたとも言えますが、そのようなことは考えられるんでしょうか？」

田所が直球を投げると、しばらく宙を睨んでいた坂田博士は穏やかな笑みを浮かべて言った。

「うーん。おっしゃっていることを正しく理解しているかどうか分かりませんが、ちょっと考えられません、と言いますか、どういう危害なのか、そもそも疾患は何なのか、取り巻く環境はどうなのかなど条件や仮定がそれぞれのケースで違うでしょうから、一概には答えられません」

確かにその通りだろう。犯罪心理学の第一人者らしい模範的な回答だと田所は感じ入った。しかし、脈がある。

「では、条件によってはあり得るということですか？」

「どのような条件ですか？」

「例えば、危害は殺人、病気はパーソナリティー障害、ないしそれに何らかの障害を併せ持っているような患者さんが、適切に治療されずに放置されて殺人事件を起こしたというようなことは？」

「突拍子もないお話ですね。そもそも、パーソナリティー障害という疾患はかなり広い範囲の病態を包括していますが、イコール犯罪、まして殺人を犯すというような疾患ではありません」

坂田博士は苦笑まじりに言った。

「はい。しかし、確か十種類に分類されていて、その中には、感情の不安定さ、激しい怒り、衝動的な行動を示すものもあると伺いましたが」

「ほう、よく勉強されていますね。確かに、反社会性あるいは境界性と分類されるものの特徴の一つではありますが……ちょっと、待って下さい。それは、私がこの間鑑定をした西城公園事件の加害者のことではないですか？　もしそういうことなら、あらかじめお断りしましたように鑑定内容についてお答えすることは出来ませんので、どうかご勘弁下さい」

「はい。はっきり申し上げると、私どもが逮捕した飯島めいのことです」

これ以上曖昧な形で話を進めることは出来ないと田所は腹をくくった。

「ここで鑑定内容に触れるつもりはありません。病気と犯罪について、ごく一般的なご意見をいただきたいのです」

「一般的？」

「はい。まず、パーソナリティー障害は、先ほどおっしゃられたように殺人には結びつかないということですか？」

「その通りです。たとえ反社会性や境界性であっても、衝動的な怒りにまかせた暴力沙汰などはあるかもしれません。しかし、計画的な、あるいは残忍な殺人の遂行を説明するものではありません。ただ、他の精神障害が合併していることも多く、その場合に思わぬ行動をすることはあるかもしれませんが」

長瀬誠もそのようなことを言っていた。

「主治医もそのようなことを言ってましたが、飯島めいはどうだったでしょうか？」

「主治医？　長瀬先生のことですか？　そうですか。しかし、それについては鑑定内容に触れますので、再三申し上げているようにお答え出来ません。ただ、一般的なことを聞きたいとのことでしたので申し上げますが、殺人を犯す単一の疾患名というものは現在の精神疾患の分類にはありません。精神障害の複合と考えることが多く、殺人者の精神鑑定でも鑑定医によって病名が違うことは少なくありません。それぞれは決して誤診ではないのです」

「では、殺人を犯し易い、放っておくと殺人を犯してしまうというような病気は無いということですか？」

「はい、現在の概念にはありません。殺人の中には、精神障害が複合して、特異な環境が整った時に初めて偶発的に、あるいは必然的に起きるものもあるかもしれません。……ただ、近年、日本のご高名な先生が、殺人を一つの独立した精神障害と考えて殺人者精神病という概念を提唱されました。脳の微細な構造異常あるいは心的外傷を基盤として、殺人行動を主症状とする精神障害と定義されています。これまでに無かった考え方ですが、確かに多くのことが説明出来るようには思います。しかし、もちろん未だ確立されたものではなく反対論もあります。……そう言えば、先ほどの長瀬先生などは賛同者と言いますか、熱心な支持者の一人のはずです」

「えっ、それでは長瀬先生は、その、ええと、殺人者精神病が存在すると考えていた。飯島めいはどうだったんでしょうか?」

田所は坂田の話に飛びついた。

「ですから、本件についてはお答え出来ません。申し訳ありません」

坂田は、心苦しそうに、しかしきっぱりとそう言った。

「こういう考えはどうでしょうか? 長瀬先生は飯島めいがその殺人者精神病であると考えていた。もしそうなら、飯島めいがいずれ殺人を犯す可能性が高いと考えながら意図的にそのまま放置していた」

「ちょっと待って下さい。長瀬先生に関係があるんですか? 長瀬先生に何か嫌疑でもかかっているんですか?」

「いや、嫌疑がかかっているわけではありません。ただ、長瀬先生と被害者の国枝和子が知り合いだったことが分かったんです。しかも怨恨感情があったようで、長瀬先生が飯島めいを利用して恨みを晴らそうとしたのではないかと」

坂田博士は、唖然として田所の顔を見つめていたが、すぐに苦笑を交えて言った。

「ははっ、お話としては面白いですが、あまりにも現実離れをしていて。そもそも、長瀬先生は、パーソナリティー障害の第一人者として学問的にもまた人間的にも素晴らしい先生で、私よりも年は若いですが、尊敬申し上げている立派な方ですよ。だいたい、我々が患者さんの心をコントロールして利用するなど突拍子もないことです。鑑定内容に触れますので本当は言うべきではないかもしれませんが、長瀬先生の名誉のために申し上げますと、本例での先生の治療は極めて適切であったと評価しています。意図的にどうこうしたなど考えられません」

「しかし、積極的にコントロール出来ないにしても、殺人を犯すかもしれないと想定しながら飯島めいを被害者の近くに置いておくことで、結果、殺人が起きてしまった。ある意味、意図的に起こしてしまったということにならないですか？」

「考え過ぎではないですか。百歩譲って、もしそうだったとしても、それは、われわれ精神科の領域に限らず全ての医療にはつきものですよね。例えば、高血圧の患者さんは脳卒中を起こすかもしれないと想定して降圧薬を飲んでもらっていますが、日頃は血圧がうまくコントロール出来ていても、薬の飲み忘れや過度のストレスや寒さによる突発的な血圧上昇で脳卒中を起こすこともありますよね。だからと言って、日常全てを管理していない治療医が脳卒中を引き起こしたことにはならないんじゃないですか？　悪いのは高血圧ですよね。田所さんがおっしゃっていることも100%否定は出来ませんが、悪いのは病気そのものではないでしょうか。その病気も長瀬先生のお力で経過はたいへん良かった。ちょっと専門的になりますが、従来使われていた非定型抗精神病薬と呼ばれる内服薬も必要なくなっていたくらいですから」

田所がぴくんと反応した。

「あっ、これは鑑定内容に関することですので、聞かなかったことにして下さい」

坂田が慌てて口を濁した。

「その非定型なんとかという薬、中止したのはいつ頃ですか?」

「申し訳ありません。もうこれ以上は」

「それは犯行が行なわれた直前ではないですか? それこそ、長瀬先生が意図的に薬を切ったということではないですか?」

一瞬不安そうな表情を見せた坂田博士が、しばらく考え込むようにしてから言った。

「本当に申し訳ありませんが、これ以上は。ただ、もう一度長瀬先生の名誉のために申し上げますと、先生の治療が適切であった結果、治療薬を中止することが出来たわけで、たまたまその後に症状が悪化したとしてもそれを意図的と言うことは出来ません。有り得ない話と思いますが、万に一つ意図的であったとしても、良くなったから薬を切ったという説明を誰が否定出来るでしょうか。それは違う、意図的だと証明することは誰にも出来ないでしょう」

この時、田所は万事休したと思った。自分は妄想の虜になっているのではないかという気持ちに苛まれながらも、長瀬の綿密な企みではないかという疑念を捨てきれず、それを明かす最後の頼みの綱としてこの場所に来た。しかし、たとえ長瀬の企みだとしても、それを証明することは誰にも出来ないと言われてしまった。

「先ほど、私の話も100％の否定は出来ないと言われましたが、それは私の推理が真実だということもあり得るということですよね？」

田所は、しかし諦め切れなかった。

「確かに、田所さんのお話を伺いますと、全ての話が符合し辻褄が合うようにも思われます。しかし、最も肝心な犯行そのものが、あたかも我々精神科医が他人の心をコントロールした、とは言わないまでも他人の心の動きを利用して起こしたという大胆な仮説に基づいています。精神科医と言えども、我々は人の心の動きを先々まで読み切ることまではとても出来ません。もしそうお考えでしたら、それは幻想です」

無念そうに唇を噛んで言葉を探す田所を気の毒に思ったのか、坂田博士が続けた。

「とは言え、事実は小説よりも奇なりと言いますから、あるいは本当に田所さんの推理が真実かもしれません。しかし、先ほど言いましたように、誰がそれを真実だと証明出来るでしょうか」

「その可能性についてだけでも、先生に証言してもらうことは出来ませんでしょうか？」

田所は無理だと分かっていながら最後の願いを申し出た。

「それは、出来かねます。私が本件の鑑定医だからではなく、たとえあり得る話だとしても、私自身、そうした可能性について何一つ確信を持てないからです。そのことは、本人以外のどなたにも分からないでしょう」

「どうしても無理でしょうか?」

「私には出来ません」

田所の望みは完全に絶たれた。

33

田所の望みは絶たれたが、疑念は残った。

「真実を明らかに出来るのは本人以外にない」という趣旨の坂田博士の言葉を思い出し、田所は長瀬誠と直接対峙することも考えた。しかし、坂田博士とのやり取りを報告した小田切課長から、長瀬本人が田所の推測話を認めることはまずないだろうと言われた。万にひとつそれが真実だと認めたとしても、人の心を利用したということを犯罪として立証することは困難で、とても罪に問うことは出来ないと諭された。

田所は長瀬誠に恨みがあるわけではなかった。捜査を通して、長瀬家が味わった無念さや悲惨さ、そして長瀬自身が味わった悲しみや苦しみは筆舌に尽くしがたいものであっただろうとむしろ同情の念を持っていた。それだけに、国枝和子への恨みの深さを推し量った自分が、勝手に長瀬の心を忖度(そんたく)して仇話を作り上げていただけかもしれない。よしんば、自分の推理が真実であったとしても、自分はその真実の周りをかけずり回っていただけだったのではないか。追い詰めたと思ったものは、自分のこの手では決して掴まえることの出来ない真実の影法師に過ぎなかったのだ。

田所が坂田博士を訪ねた翌週、飯島めいの不起訴が発表された。心神喪失による犯行で、治療施設への措置入院が相当であるとされたのである。あれほど騒がれた国枝和子殺害事件であったが、世間の関心は次から次に起きる新たな出来事に移り、事件の顛末への興味は既に失われていた。それに呼応するかのように事件に関するマスコミの扱いは小さく、ほとんどの新聞は、西城公園殺人事件の犯人の若い女性が不起訴処分になったという事実のみを、ベタ記事として載せただけであった。

34

飯島めいの不起訴が正式に決まって一ヶ月あまりが経った夏も終わりに近いある日、松江市の西方に広がる宍道湖の湖畔近くの丘に建つ日照寺の山門に、長瀬誠の姿があった。

山門を背にした長瀬は、見るともなく眼前に広がる宍道湖に目をやり、物思いにふけっていた。姉を死に追いやり、父と母を病の淵に追いやった国枝和子に、あの日初めて会った。島根県出身の名士が集まる東京牡丹会に招かれた日だ。講演を依頼されたのは偶然ではなかった。国枝が東京牡丹会の会員であることを知ってから、会の幹事役の一人になっている八雲台高校の先輩に自分の業績をそれとなくアピールしてきた。

国枝の顔は、それまでも新聞やテレビで度々目にしたことがある。その度に、ぼんやりとした記憶の中にある姉の顔と国枝の顔が重なり、胸を締め付けられる思いがした。

「初めまして、東都医科大学の長瀬誠です。宜しくお願い致します」

講演会の後の懇親会会場で、長瀬は先輩に紹介を頼み、華やいだ集団の中心にいる国枝に挨拶をした。

「まあ、長瀬先生。医学に素人の私のような者にも分かり易くてとても面白いお話、素晴らしい講演でした。あ、国枝和子です。こちらこそどうぞ宜しくお願い致します」

「拙い講演でしたが、お聴きいただき光栄です。ご高名な国枝先生が同郷と分かり、大変誇らしい気持ちです」

紹介の際に国枝を先生付けで呼んだ先輩にならって、長瀬も国枝を先生と呼んだ。

「島根のご出身と言いますと、国枝先生も松江ご出身でいらっしゃいますか?」

「いいえ、私なんか田舎の方でして。太田の出身なんですよ」

「太田。そうですか。それじゃ、昔お会いするような機会は全くなかったですね」

「ご講演の紹介では、長瀬先生は松江ご出身でいらっしゃるんですね。実は、私も松江にいたことがあるんですよ。ほんの短い間でしたし、どうも年齢も違うようですので、お目にかかる機会はまずなかったでしょう、ほほほ」

「そうでしたか。今までお会いしたこともなく、今日こうして初めてお目にかからせていただきましたのに、ご迷惑かもしれませんが、国枝先生になにかとても親しみを覚えました。実は私の姉、長瀬和子と申しましたが、国枝先生と同名の和子でして、そのためかもしれません。幼い頃に亡くなってしまってよくは覚えていませんが、優しかった姉だったことだけは記憶にあって……生きていたら国枝先生と同じ年恰好だと思います。親しみを覚えたなどとたいへん失礼なことを申し上げましたが、そんなこんなで……お許し下さい」

「……いえいえ。……そうですか。よくある名前ですから……」

国枝は明らかに動揺していた。長瀬和子と聞いた瞬間、ほんの一瞬だったが間違いなく目を見開き驚愕の表情をした。

「いや、とにかく今日こうしてご高名な国枝先生にお目にかかれて本当に光栄でした。私はファッションのことは何も分かりませんが、家内はファッションにはいささかうるさいことを申しますので、こうして国枝先生と親しくお話をさせていただいたことを話すと、きっとうらやましがると思います。早速帰って自慢をしてやります、ははは」

長瀬は、もちろん国枝の動揺には全く気が付かないふうを装い、親しみを込めて言った。

「……そんな。こちらこそ、ご活躍されている先生にお会い……いや、お話を聞かせていただきまして……あ、奥様にはどうぞ宜しくおっしゃってください。そうだ、次の会には是非奥様もご同伴なさったら。私もお会いしたいですわ」

国枝は、初めは魂を抜かれたような表情でしどろもどろな返答をしたが、さすがに世慣れている。態勢を立て直すと、長瀬の機嫌をとるように、こちらも親しみを込めて言った。

「はい、ありがとうございます。家内も大喜びでしょう。早速帰ってそう伝えます。あ、もし、どこかお体の調子が悪いようなことがございましたら、いつでもご連絡下さい。私が診るような病気だと困りますが、内科や外科をはじめ各科に仲間がおりますので、お役に立てることもあるかと思います。どうぞ、今後とも宜しくお願い致します。それでは、今日はこれで」

周囲には、大勢の名士たちが国枝と話をしたそうにして待っていた。長瀬は、国枝に深々と頭を下げるとその輪を離れた。

目的を果たした。国枝に、暗い過去を思い起こさせることが出来たと思った。国枝には、決して触れたくない、そして決して表には出せない暗黒の過去を思い出してとことん苦しんでもらいたかった。それが目的だった。

あの夜、その目的を遂げることが出来た。しかしあの時、果たして後に起きることまでを想い描いていたのだろうか。今、こうして思い起こそうとしても、そのことは漠としたままだ。

どれくらいそうしていただろう。百舌（もず）の高鳴きだろうか、突然響いた鋭い鳥の声にハッと我に返った長瀬は、再び静まり返った山門の方に向き直ると、深く一礼をして山門の下をくぐった。

山門先の本堂へ続く参道は、百日紅（さるすべり）の古木が立ち並ぶ並木になっている。その百日紅の木々の枝先に群れる薄紅色の花房が、湖面を渡ってきた涼風に優しく揺れていた。

本堂の裏手に回ると、なだらかな斜面に墓地が広がっている。長瀬は、その墓地の一角にある「長瀬家の墓」と彫られた黒御影の墓石の前に立った。弟の自分は知らなかったが、半ば廃人のようになった母から姉が好きだったと聞いた桔梗の花を供えると、墓前にひざまずいた。

目を閉じた長瀬の脳裏には、自分を二度も訪ねてきた田所刑事の顔が甦ってきた。田所から飯島めいの就職を斡旋したのではないかと訊かれたが、それは自分が意図して飯島めいを国枝和子に近づけたのではないかという問いだと分かった。とぼけた顔をしながら、眼差しだけは射るように鋭く、心の中を見透かすように自分を見つめていた田所が思い起こされた。言下に否定したが、その問いに対する本当の答えは終生自分の胸にしまっておくつもりだ。そのことは、永遠に不確かな真実にしておくと決めていた。

長瀬は、頭を垂れて手を合せると静かに祈りを捧げた。長い祈りの最後に、墓石に向かって何か言葉を口にしたように見えた。

近くに誰かいたら、その唇の動きから「う・ら・み・は・は・ら・し・た・よ」と聞こえたはずだ。

その時、にわかに一陣の風が吹き抜け、桔梗の紫が大きく揺れた。

（完）

この物語はフィクションです。
実在の人物・団体・事件などとは
一切関係ありません。

参考文献・資料

『「捜査本部」というすごい仕組み』澤井康生著／マイナビ新書
『警察用語の基礎知識　事件・組織・隠語がわかる!!』古野まほろ著／幻冬舎新書
『標準精神医学　第8版』尾崎紀夫・三村將・水野雅文・村井俊哉編集／医学書院
『殺人という病　人格障害・脳・鑑定』福島章著／金剛出版
『精神鑑定とは何か　何をどう診断するか?』福島章著／講談社
通信履歴の電磁的記録の保全要請に関するQ＆A／法務省
https://www.moj.go.jp/houan1/houan_houan24.html

〈著者紹介〉
和亭正彦（わてい まさひこ）
1949年 島根県生まれ
東京都国立市在住
脳神経外科医
著書に「アスクレピオスの神殿」文芸社 2023年

不確(ふたし)かな真実(しんじつ)

2025年3月21日　第1刷発行

著　者　　和亭正彦
発行人　　久保田貴幸

発行元　　株式会社 幻冬舎メディアコンサルティング
〒151-0051　東京都渋谷区千駄ヶ谷4-9-7
電話　03-5411-6440（編集）

発売元　　株式会社 幻冬舎
〒151-0051　東京都渋谷区千駄ヶ谷4-9-7
電話　03-5411-6222（営業）

印刷・製本　中央精版印刷株式会社
装　丁　　弓田和則

検印廃止

ISBN 978-4-344-69235-0 C0093
幻冬舎メディアコンサルティングＨＰ
https://www.gentosha-mc.com/